KB099859

이 름 없 는 꽃

이름 없는 꽃

발행일   2019년 10월 30일

지은이   손지혜
펴낸이   손형국
펴낸곳   (주)북랩
편집인   선일영   **편집**   오경진, 강대건, 최예은, 최승헌, 김경무
디자인   이현수, 김민하, 한수희, 김윤주, 허지혜   **제작**   박기성, 황동현, 구성우, 장홍석
마케팅   김회란, 박진관, 조하라, 장은별
출판등록 2004. 12. 1(제2012-000051호)
주소   서울시 금천구 가산디지털 1로 168, 우림라이온스밸리 B동 B113, 114호
홈페이지 www.book.co.kr
전화번호 (02)2026-5777   **팩스**   (02)2026-5747

ISBN   979-11-6299-940-0 03810 (종이책)   979-11-6299-941-7 05810 (전자책)

이 도서의 국립중앙도서관 출판예정도서목록(CIP)은 서지정보유통지원시스템 홈페이지(http://seoji.nl.go.kr)와
국가자료공동목록시스템(http://www.nl.go.kr/kolisnet)에서 이용하실 수 있습니다.
(CIP제어번호: CIP2019042410)

(주)북랩 성공출판의 파트너

북랩 홈페이지와 패밀리 사이트에서 다양한 출판 솔루션을 만나 보세요!

홈페이지 book.co.kr   •   **블로그** blog.naver.com/essaybook   •   **원고모집** book@book.co.kr

이름 없는 꽃

손 지 혜

북랩 book Lab

인생은 그 날이 풀과 같으며
그 영화가 들의 꽃과 같도다

— **시편 103:15** —

인사

이 책은 11일간 쓴 책이다.

나는 책을 써야겠다는 마음 하나로 멈추지 않고 글을 썼다. 나는 주어진 시간 동안 잉크로 쓰는 편지처럼 썼던 글을 수정도 하지 않으며 급한 마음으로 이 글을 썼다.

그리고 이러한 나의 다급했던 마음은 이 글을 어서 누군가의 품으로 보내고 싶은 마음에 있었다.

이름이 없을 누군가에게 말이다.

엄마의 슬픔이 나의 슬픔이고 엄마의 행복이 나의 행복인 사람.

사랑이라는 이유로 누군가의 삶을 책임지고 싶은 사람.

죄책감에 시달리는 사람.

누군가의 행복이 되고 싶은 사람.

나를 사랑하지 못하는 사람.

강박으로 괴로워하는 사람.

가난으로 아파하는 사람.

꿈을 이룰 수 없어서 슬퍼하는 사람.

아프게 하는 모든 것들을 놓지 못하는 사람.

본인의 이름 없음으로 아파하는 사람.

나는 당신이 자신의 보잘것없음을 사랑하길 바라는 마음으로 이 글을 썼다.

당신은 화려한 모든 이름들, 잣대와 상관없이 세상 모든 아름다운 것들을 한없이 닮은 존재다.

당신의 가치는 무엇을 얼마나 더 가지고 있느냐의 문제가 아니다.

이 책은 작가의 끝없던 이름 없음을 담아놓은 책이다.

이 종이 속 작은 글자들이 당신에게 말할 수 없는 의미로 다가가기를 바란다.

짧은 시간 안에 필요한 모든 힘과 능력을 주신 하나님께 모든 영광을 돌린다.

차 례

1부
가족: 알고리즘

2-1부
나: 위태롭던 날들

2-2부
나: 회복

3부
타인과 나: 이름 없는 꽃

1부 ————

가족: 알고리즘

사랑은 오래 참고 사랑은 온유하며

첫 세상

　엄마를 향한 사랑만큼 나를 괴롭게 한 감정은 없었다. 엄마는 나의 전부로 시작하였다. 내가 태어나고 엄마가 내 세상이었을 때부터 나는 엄마를 사랑했다. 엄마는 내 세상의 전부였다. 내 곁에 엄마가 붙어있어야 마음이 편했던 나는 유치원에서 엄마와 떨어진 그 몇 시간을 버티지를 못했다. 불안으로 손톱부터 발톱까지 물어뜯던 나를 보고 엄마는 유치원을 그만두게 했다. 나는 엄마를 그렇게나 사랑했다.

　엄마는 엄마로서 서투른 사람일 수밖에 없었다. 그러나 그게 내가 받은 상처의 합리적인 이유일 수는 없었다. 나는 엄마에게 수도 없이 상처를 받았다. 살이 쪄서 옷가게에서 망신을 주던 엄마. 친척들 앞에서, 동생들 앞에서 나를 이성을 잃고 때리던 엄마. 교통사고에서 살아남은 내게 그냥 죽지 그랬냐고 하던 엄마. 교사를 하고 싶다는 내게 내가 교사하면 세상이 망할 거라고 하던 엄마. 글을 쓰는 것을 좋아하던 내게 망상이 가득하다고 하던 엄마. 나의 전부였던 엄마가 주던 언어와 폭력은 나를 누구보다도 망가지게 했으며 날 가치 없는 사람으로 귀결시켰다.

나는 그렇게 스스로 나의 가치를 잃으며 살았다. 중학생 때는 백일장 장원을 받아 엄마에게 칭찬이 듣고 싶었던 내게 엄마는 얼마나 학교에 글을 잘 쓰는 애가 없었으면 네가 장원을 받았냐고 농담을 했다. 너무 충격을 받았던 나는 바로 소리 내어 울었지만 엄마는 울던 나를 비웃기까지 했다. 그러한 순간들이 나는 정말 무너지게 힘이 들었으며 나 자신이 미워지기까지 했다.

엄마는 나의 모든 선택을 미워했다. 내가 사랑하는 모든 것을 비웃었다. 그러나 지금 엄마에게 그 얘기를 하면 별 의미 없이 한 말이라고 할 뿐이다. 그러나 그 별 의미 없는 말들이 그때의 내게는 전부였다. 엄마가 나의 전부였으니까.

결국 나는 엄마를 사랑해서 그렇게도 상처를 받았고

그로써 나는 그녀를 미워하게 되었다. 원망하고 증오했으며 다시 사랑했다. 사랑했으나 이미 조각난 마음들이 너무도 많았던 나는 그 딜레마를 안고 그녀를 마주해야 했다.

사춘기가 왔을 때쯤 나는 내가 받은 상처들을 용서할 수 없었다. 물론 나는 내가 용서할 수 없었던 게 아니라 용서하고 싶었다는 것을 아주 나중이 되어서야 깨달았다.

나는 그렇게 사랑하는 사람을 미워하게 되었다. 두 감정은 끝도 없이 서로 같이 성장하고 부딪히며 나를 갉아먹었다. 그렇게 엄마와의 갈등까지도 미친 듯이 커지게 되었고 아무리 맞아도 나는 울지 않았다. 엄마는 점점 더 손을 많이 대기 시작했고 이상하게도 나는 맞으면서도 늘 죄책감이 들었다. 죄책감만큼 나를 숨 막히게 한 감정이 없었다. 죄책감 때문에 나는 엄마에게 맞던 순간에 반항도 하지 못했다.

나는 참 많이 울었다. 고등학생 때는 학교에 가기 전 새벽 밤까지 울던 날이 수없이 많았다. 방 안에서 혼자 외롭게 울고 있으면 문밖으로 엄마와 동생이 나를 두고 비웃던 대화가 나를 더 외롭게 만들었다.

엄마는 내가 자주 울던 것으로도 나를 비웃었다. 학교에서는 늘 밝은 모습으로 회장, 부회장 일들을 하고 선생님들에게 사랑받던 내게 그것은 위선이라는 말도 하였다. 그 말들이 진실이 아니라는 것을 알면서도 내게 세상이기까지 했던 엄마의 말은 어떤 진리처럼 내게 받아들여졌다. 나는 내가 어쩌면 망상가일 수도 있다는 생각을 버리지 못하고 살았다.

엄마가 미웠다. 하지만 엄마의 인생도 가여웠으므로 나는 그 연민과 죄책감이 주는 감정을 이기지를 못했다. 나는 그렇게 애증과 싸우며 오랜 시간을 살았다.

나를 가두던 알고리즘

나는 고등학교 때 학교에서 오랜 상담을 받았다. 1학년 때 학교에서 만난 상담 선생님은 내 인생에서 엄마 다음으로 전부와 같은 존재가 되었다. 선생님은 그 해가 초임이었기 때문에 의욕과 사랑이 넘쳤다.

선생님이라는 느낌보다는 선생과 언니의 중간 어딘가에 있는 것 같았다. 참 편한 사람이었다. 선생님이 사용하던 향수의 향 때문인지, 원래 그런 사람인지는 몰라도 함께 있으면 마음이 홀리듯 편해지곤 했다. 내 이야기를 해도 괜찮을 사람이라고 생각했다.

나는 엄마와 아빠, 나의 상처들을 누군가에게 처음으로 이야기하며 그 과정에서도 많은 죄책감을 느꼈다. '우리 집 이야기를 이렇게 해도 괜찮은 걸까?', '엄마를 나쁜 사람으로 말하는 게 죄를 짓는 일은 아닐까?' 생각하며 정말 많이도 울었다. 그때마다 선생님은 내게 나쁜 일이 아니라고 했다. 나는 늘 짓지도 않았던 죄를 끝없이 용서받는 기분이 들었다.

상담 선생님은 나의 새로운 세상이었다. 무슨 말을 해도 다 들어주고 나를 위로해주던 존재. 나는 매 쉬는 시간마다 선생님을 조금이라도 더 보고 싶었다. 늘 나를 반겨주던 선생님이 너무 좋았다. 늘 그 자리에 있다는 사실도. 내가 엄마에게 받지 못한 사랑을 나는 이렇게 채워 가고 싶었다. 엄마와 같은 존재처럼 생각하며 선생님을 몹시도 사랑했다.

그러나 엄마와의 관계도 온전하지 못하던 내가 가지고 있던 관계 속 미숙함은 선생님과의 관계에서도 드러날 수밖에 없었다.

나는 부모에게 받지 못한 사랑을 선생님에게서 찾았으며 내가 원하는 엄마의 모습을 선생님에게 투영시켰다. 나의 애착은 유아적이었고 속박적이었으며 방어적이었다. 무엇보다도 방어적인 성격은 나를 더 외롭게 만들었다. 나는 선생님이 하는 행동을 내 생각대로 해석하고 오해하였으며 나를 미워한다고 생각했다. 내가 원하는 모습을 투영시키고 내 마음대로 상처받기를 반복했다.

그러나 아무리 내가 간절히 원한다 한들 나의 바람이 선생님의 진짜 모습이 될 수는 없었다. 나는 늘 없어도 될 불필요한 상처들을 만들어 스스로를 괴롭게 했다.

무엇보다 중요한 사실은 그것이 내가 선생님을 너무 사랑해서 받은 상처가 아니었으며 그냥 내가 만든 상처였다는 사실이었다. 사랑은 그런 게 아니었다. 하지만 그때의 나는 너무도 어렸고 건강한 마음을 갖지 못했다. 나아가 내 안에는 엄마라는 사람이 나와 함께 살고 있었다.

어릴 적부터 엄마의 결정을 따라가며 살았던 나에게는 무엇을 결정하는 데 엄마의 의견이 너무도 절대적이었다. 그렇듯 엄마의 사상은 나의 무의식이자 알고리즘이었다. 엄마가 싫어하는 행동은 내게는 나쁜 일을 하는 것이었다.

엄마는 상담을 받는 것도 싫어했고 내가 다른 사람에게 우리 가족 이야기를 하는 것도 싫어했다. 아무리 어려워도 그걸 말하는 건 가족을 욕되게 하는 것이라고 말했다. 그래서 내게 학교 상담실은 너무도 큰 일탈을 저지르는 장소와 같았다.

　그러나 그때 내가 한 일이 정말 '나쁜' 일인가? 아마 거의 대부분 '그게 왜 나쁜 일이지?'라고 생각할 것이다. 그러나 그 정도로 나는 너무 어렸으며 건강하지 못했다. 어린 내게 엄마는 또 하나의 신과 같았으며 기독교 집안에서 자란 내게 엄마의 말은 또 하나의 십계명과 같았다.

　엄마는 내가 조금이라도 반항하면 성경 말씀을 들이밀며 부모에게 순종하지 않으면 벌을 받을 거라고 했다. 엄마의 저주 속에서 나는 그렇게 늘 나를 미워하고 다시 저주하며 학창 시절을 보냈다.

　그런 내게 상담은 일종의 한 줄기 빛과 같았다. 도피처와 같았고 잠시 다른 세상에 들어오는 것과 같았다. 그러나 나는 한 번도 진정한 사랑이 무엇인지 모르고 살았기 때문에 마음을 전하는 방법이 무엇인지도 몰랐다. 선생님의 모든 말과 순간을 누구보다도 간직하고 싶었음에도 막상 마주하고 있을 때는 누구보다 시크하고 말 없는 소녀였다. 나의 마음을 보여주면 안 된다는 강박이라도 있는 사람처럼 나는 겁이 많았다. 그런 나의 모습은 두려움으로 시작한 방어의 한 모습이었다.

나는 내 마음을 전부 드러내는 것이 곧 내가 지는 것이라고 생각했다. 나중에 상처받을 내가 두려웠다. 나는 어떤 관계를 소중하게 이어나가는 방법을 잘 알지 못했다. 생각보다 누구나 겪는 흔한 일일 수 있었지만 나는 몇 안 되는 사랑하는 친구들과의 엇갈림이 너무 큰 트라우마로 남아 있었다. 내가 좋아하는 사람들은 결국 나를 떠난다는 생각에 사로잡혀 이별이 두려웠을 때였다. 그래서 나는 좋아하는 감정을 드러내지 않아야겠다는 이상한 전략을 세운 것이었다. 설령 내가 더 좋아하더라도 나는 그것을 드러낸 순간 완전히 패배한다고 생각했다. 그리고 나 자신을 위해 그렇게 해야 한다고 생각했다. 이별이 올 때를 위해서. 나는 어쩌면 드라마 속 비련의 주인공이 되고 싶었던 걸지도 모른다. 사실은 누군가를 그렇게나 소중하게 생각하면서 아픈 짝사랑을 하는 스스로의 모습을 좋아했을지도 모른다.

상담 선생님이 내게 그랬고, 엄마까지도 그랬다. 나는 엄마를 사랑하면서 엄마를 향한 사랑을 절대 말하지 않았다. 사실은 사랑하고 있었다. 그러나 모진 말들을 내

뱉으며 더 엄마에게 반항하였고 엄마는 나를 때리거나 아픈 말들을 쏟아냈다. 우리는 거울처럼 서로를 무너뜨리는 데 최선을 다했다. 그러나 뒤돌아서 그런 나 자신을 나는 다시 한번 저주했다. 죄책감에 시달렸으며 내 안에 있는 엄마에게 다시 한번 시달려야 했다.

이렇듯 딜레마를 안고 살아가며 나는 점점 망가져 갔다. 하지만 나는 학교에서는 언제나 밝은 학생이었으며 웃음이 많고 리더십이 뛰어난 학생이었다. 모두 내가 행복한 집의 사랑받는 딸일 것이라고 생각했다. 나는 그렇게 행동하는 게 맞다고 생각했고 그런 내게는 상담실만이 내 모든 진실을 말할 수 있는 공간이었다.

엄마는 언제 숨을 쉴 수 있을까

　엄마의 폭력성과 무너짐에도 원인이 있었다. 그것은 아빠에게서부터 내려온 어떠한 흐름과 같았다. 아빠는 엄마를, 엄마는 나를. 나는 그냥 그 모든 에너지를 마지막에 받아야 하는 존재였다. 아빠는 엄마를 그렇게도 괴롭게 했다. 엄마가 막내를 업고 있을 때와 같은 무방비 상태인 순간에 비겁한 폭력만을 휘둘렀다.

　엄마는 사실 능력이 있는 사람이었다. 엄마는 집에서는 꽤나 유망한 인재와 같은 존재였다고 한다. 그런데 아빠를 만나고 나를 낳으면서 육아를 위해 일을 포기한 게 어쩌면 불행의 시작이었을지도 모르겠다. 또 그게 나를 향한 원망으로 엄마의 마음에 자리 잡았을지도 모르겠다.

　시간이 흐르면서 집이 힘들어지고 가난해지며 엄마의

돈에 대한 집착은 갈수록 커져만 갔다. 돈이 엄마를 삼키고 엄마의 숨을 조여 가고 있음을 옆에서 많이도 봤다. 나도 그랬으니까. 돈이 얼마나 위험하고 사람의 본질을 흐리는지 나도 안다. 가난은 모든 것의 걸림돌이었다. 그리고 절대 빠져나올 수 없는 늪과 같았다. 애매한 가난함. 우리는 괴로워 죽겠지만 더 가난한 사람들이 있어서 복지에 한계가 있었다. 그렇다고 더 가난하게 살기를 원할 순 없었다.

이런 가난한 집에서 학원에 다니고 싶다는 말이 나올 리가 없었던 나는 그 흔한 과외, 학원 한 번을 다니지 못하고 공부했다. 고3 때는 독서실비 10만 원을 전해주러 온 엄마의 모습이 너무 작고 초라해서 내 온 마음을 무너뜨렸다. 그리고 나는 그날 이후로 독서실을 그만두었다. 엄마에게는 차마 이유를 말하지 않았다.

엄마가 늘 가여웠다. 지금도 그렇다. 평생 하루하루를 살아가기 위해서만 살아가는 엄마. 돈 걱정에 잠들지 못하는 엄마. 아빠의 폭력과 무능력을 오롯이 책임지며 세 자매를 길러야 했던 엄마. 본인의 인생을 내다 버린 엄마. 그녀는 왜 그렇게 살아가야만 하는가. 이러한 그녀를 향한 내 마음은 엄마의 폭력과 이성을 잃던 순간들까지 이해하게 했다.

물론 폭력은 나쁜 행동이 맞다. 그러나 나는 그럼에도 엄마가 너무 가여웠으며 정말 사랑했다. 엄마가 엄마의 삶을 버리며 날 사랑했다는 것을 알았으니까.

엄마는 언제 숨을 쉴 수 있을까. 가난은 언제 우리를 놓아줄까. 나도 먼 미래에 우리 집이 참 힘들던 적이 있었다고, 그냥 그런 과거가 있었다고 말할 날이 오면 좋겠다.

정답에 대한 강박

엄마를 너무 사랑해서 사랑받고 싶었다. 그러나 엄마의 끝없는 정죄, 엄마만의 엄격한 잣대에서 나는 늘 괴로워했다. 엄마는 지나치게 '위아래' 관계를 중요하게 생각했다. 엄마는 부모고 나는 자식이라는 틀에 엄마와 나를 가두었다. 엄마의 말이라면 무조건 순종하는 게 맞다고 말했다. 엄마의 생각에 조금이라도 그건 아닌 것 같다고 말하면 그건 큰 죄와 같았다. "감히 엄마한테."라는 말을 천 번도 넘게 들었다. 설령 엄마가 잘못된 행동을 한다 해도 그걸 말할 자격이 내게는 없었던 거다.

엄마의 그런 행동이 잘못되었다는 건 오랜 상담을 통해 알 수 있었다. 나는 늘 "이건 안 되는 거지만.", "나쁜 것이지만.", "그걸 해야 하지만.", "틀린 것이지만."이라는 말들을 습관처럼 사용했다. 나는 어떤 잣대에 휘둘리고 있었다. 엄마의 극단적인 사고가 내게 투영되었던 거다. 나는 반드시 정답이 있다고 생각했고 그 정답을 선택하며 살아야 한다고 생각했다.

예를 들어, 고등학교 때 나의 정답과 진리 중 하나는 '좋은 대학에 가야 한다.'였다. 이러한 생각을 하고 있는 사람이 얼마나 많은가? 하지만 나는 좋은 대학에 가지 못하는 모든 경우를 '오답'으로 생각할 정도로 극단의 사고를 가지고 있었다.

부모의 말을 거역하는 것도 내게는 오답이었다. 나는 학교 선생님의 옷차림이나 발언에도 잣대를, 공부하지 않는 학생에게도 잣대를, 교회에도 잣대를 댔다. 나는 나뿐만 아니라 모든 세상을 어떠한 잣대를 통해서 바라보고 있었다. 상담 선생님은 내가 하는 판단이나 생각에 늘 "그럴 수도 있다."라는 말을 많이도 했다. 처음 내게 그것은 거슬리는 말이자 전혀 타격이 없는 말이었다. 마치 "산타가 있다."라는 말이 너무 허황된 느낌이라 믿어지지 않는 것처럼, 나는 그냥 그 말들을 흘러들었다. 하지만 서서히 나는 삶을 통해서 깨닫기 시작했다. 삶에 '반드시'라는 것은 생각보다 얼마 없다는 것을.

엄마의 슬픔은 너의 슬픔이 아니야

엄마를 어느 정도로 사랑했냐면 엄마가 나를 때리고 억압하던 순간에도 엄마가 뒤돌아서 후회할 순간을 걱정했다. 엄마가 몸이 조금이라도 아프면 나는 어떻게 해야 할지를 몰라 괴로웠고 엄마의 삶을 생각하면 가여워서 눈물을 참을 수가 없었다.

어린 내게 엄마는 내가 있어서 죽고 싶다고 했다. 아마 그냥 화가 나서 했던 말이겠지만, 나는 엄마의 그런 말들에 의해 매일을 죽어 갔다. 엄마는 참 잔인하게도 나를 죽여 갔다. 교통사고에서 살아남은 내게 그것은 신의 축복이 아닌 저주라고 했다. 내가 죽었으면 좋겠다는 말을 참 많이도 했다. 진심이 아님을 안다. 그러나 그것은 어찌 되었든 그 순간 나를 죽이고도 남았다. 나 때문에 죽고 싶다는 말도 수없이 했는데 나는 내가 사랑하는 사람이 나 때문에 죽고 싶다는 것으로 나를 증오할 수밖에 없었다. 엄마는 내가 그 말들 때문에 얼마나 많이 스스로를 저주했는지 모를 것이다. 엄마가 만약 나보다 먼저 죽는다면 나는 내가 죽였다는 생각에 갇혀 살 수 없을 것 같았다. 그래서 나는 내가 먼저 죽고 싶었을 정도였다. 어차피 살아가는 것이 죽은 것과 다르지 않을 것 같았다.

하루는 상담실에서 엄마가 돈 때문에, 아빠 때문에 너무 힘들어해서 괴롭다고 울면서 이야기했다. 선생님은 침착하게 나를 달래며 내게 '엄마의 슬픔은 엄마의 것'이라고 했다.

"엄마의 슬픔으로 지혜 네가 너무 아파하지 않았으면 좋겠다."라는 그 말에 나는 도대체 선생님이 지금 무슨 소리를 하는 건지 이해가 가질 않았다. 어떻게 사랑하는 사람의 무너짐에 마음이 아프지 않을 수 있는가? 사랑하는 사람이 죽어 가는데 나보고 슬퍼하지 말라고? 그건 그 사람의 아픔이니까? 나는 그 말에 선생님이 미워지려 할 정도였다. 이 사람은 정말 사랑을 아는 것인가? 어쩜 이렇게 덤덤하게 이런 말을 할 수 있는지 너무 잔인하게 느껴졌다. 겨우 열여덟 살이었던 나는 아직 삶을 통해 그 말을 알 수 없었다.

그 말의 의미를 아는 데는 오랜 시간이 걸리지 않았다. 엄마의 상처는 엄마의 것이었다. 나아가 내 상처는 나의 것이었다. 이것은 서로의 상처를 외면하라는 것이 아니다. 때때로 우리는 스스로만 해결할 수 있는 상처와 문제가 있는데 이것은 스스로 이겨낼 때 비로소 성장이 있다. 수험 생활이 너무 힘든 수험생을 위해 우리가 대신 수험 생활을 해줄 수는 없다. 실연으로 아파하는 친구를 위해 우리가 대신 실연당해줄 수는 없다. 그냥 함께 있어 주며 응원하고 위로해주는 것까지가 우리의 몫이라는 거다.

엄마의 아픔을 해결할 능력이 내게는 없었다. 그러나 누가 그것을 가지고 나를 질책하고 돌을 던질까. 엄마의 아픔에도 나는 내 삶을 이어가야 한다. 다시 말하지만 외면하라는 말이 아니다. 다만 나는 엄마의 삶을 책임질 수 없기 때문에 책임지지 못했다는 죄책감으로 무너지지 말라는 것이다. 엄마의 삶과 나의 삶은 다른 삶이다. 우리가 서로의 삶이 분리되지 않고 하나가 된다면 그것은 불행으로 가는 빠른 길일 것이다.

이후 나는 엄마의 아픔에 당연히 마음이 괴로웠지만 어쩔 수 없다는 것을 받아들였다. 그것은 내가 더 나아가는 데 많은 도움이 되었다. 나는 엄마를 직접 아프게 하기도 했다. 예를 들어, 엄마가 가지 않았으면 하는 학과로 진학을 했으며 엄마가 사귀지 않았으면 하는 사람과 연애를 하기도 했고, 집을 나가기도 했다.

이 모든 것은 나를 위한 선택이었고 나를 내가 사랑하는 방법이었다. 하지만 엄마가 늘 말하는 '순종'이라는 잣대에 엇나가야만 했다. 엄마는 본인의 잣대로 상처를 받았으며 나는 이전처럼 죄책감에 시달리지 않았다. 왜냐하면 엄마의 삶과 나의 삶은 다르기 때문이다. 나는 평생 엄마가 원하는 모양으로 살아갈 수 없었다. 나는 내 모양을 찾아야 했다.

친구 관계에서도 그 말의 의미를 찾을 수 있었다. 내가 정말 사랑하고 좋아하던 고등학교 때 친구 윤지는 아빠의 폭력 속에서 살았다. 부모의 사랑이 결핍되어 있던 윤지는 친구에게서 부족한 사랑을 채우려고 했다. 아빠를 혐오하던 윤지에게 연인 간의 사랑이란 영원하지 않고 가증스러운 것이었다. 그런 윤지는 내가 그 아이의 연인, 가족, 친구처럼 되기를 원했다. 나는 매일 그 아이를 집 근처까지 데려다주었다. 윤지가 아프면 새벽이라도 갈 수 있었고 나 역시 가족처럼 윤지를 돌보는 데 최선을 다했다. 윤지는 대학에 입학한 이후에도 학기 초에도 나를 매일 보러 올 정도로 나의 사랑에 집착했다.

하지만 윤지와의 관계에서 나는 윤지가 원하는 대로 늘 따라갈 수가 없었다. 내가 최선을 다한다 해도 윤지의 결핍된 사랑을 내가 줄 수는 없었다. 나는 윤지가 더 무리한 사랑을 원할 때마다 할 수 없다고 말했다. 당연히 이 말은 윤지의 마음을 아프게 했다. 하지만 건강한 관계를 유지하고 싶었기 때문에 윤지가 '상처받더라도' 나는 그렇게 말해야 했다. 나는 내가 할 수 있는 사랑을 주고 싶었다. 그리고 이것이 아프더라도 받아들이는 것은 윤지의 몫이었다. 윤지는 점차 사랑할수록 그어야 하는 선과 경계를 받아들이기 시작했다. 그렇게 점차 우리는 건강하고 자유로운 관계로 들어갈 수 있었다.

실망시키는 연습

내 가슴엔 '엄마를 실망시킬 수 없다.'라는 무엇보다 큰 명령어가 있었다. 어릴 때는 엄마로부터 인정을 받을 때마다 나는 나의 가치가 높아지는 것 같았다.

어릴 때 한글을 일찍 쓰고 읽던 나를 두고 친척들과 엄마가 나를 칭찬하던 대화에서 엄마의 행복을 느낄 수 있었다. 나의 인정은 곧 엄마의 행복이라는 걸 그렇게 경험을 통해 습득해 갔다.

말을 잘 듣고 늘 공손하고 공부를 열심히 하는 행동을 통해 내가 받게 된 세상 속 칭찬은 고스란히 엄마의 행복이 되었다. 내가 엄마에게 행복이 된다는 사실은 내 삶에 가장 큰 의미가 되었고 나를 살아가게 만들었다.

엄마가 만족하는 것은 나의 행복이었다. 엄마의 인정은 내 모든 행동이 결국 옳았고 가치가 있었다는 것을 알려주었다. 그러나 나는 그렇게 점점 나를 잃어 갔다.

내가 좋아하는 것은 엄마가 좋아하는 것이었고 내 꿈도 엄마가 원하는 것이었다. 엄마가 조금이라도 실망한 표정을 지으면 나는 무언가 잘못된 기분에 내 모든 결정을 고쳐나갔다. 문과를 갈지, 이과를 갈지 결정하는 것도 엄마는 취업이 잘되는 이과가 좋다고 했고 나에게는 그 말이 곧 진리가 되었다.

나는 엄마를 위한 인형이었다. 그리고 나 자신이 그렇게 되고 싶어 했다. 엄마의 행복이 되는 것이 나의 가치였기 때문이다. 나는 이렇게 누군가에게 인정을 받으며 나의 가치를 찾아갔다. 오랜 시간 또 다른 나의 엄마들을 세워 가며 그들의 인정이 나를 살아가게 만들었다.

그런 내게 엄마의 실망하는 표정을 보는 것은 기계가 갑자기 시스템 오류를 발견하는 것과 같았다. 지금 무언가 잘못되었고 이 문제를 빨리 제거해야 한다는 명령어들이 마음속에 가득했다. 나는 정확히 왜 이런 마음의 불편함이 생겼는지, 이 불편함은 구체적으로 무엇인지 분석하고 싶어 하지도 않았다. 그냥 나는 무작정 불편한 감정을 끝내고 싶어 했고 그 방법은 다시 엄마가 원하는 정답을 찾는 것이었다.

내가 이런 생각을 교정할 수 있었던 이유는 상담 선생님을 동경하던 마음에서 시작되었다. 상담 선생님은 저녁 메뉴를 결정할 때에도 본인이 무엇을 먹고 싶은지, 먹고 싶지 않은지에 관해서 명확히 말했다. 또 내가 만나자고 하는 날에 몸이 너무 피곤하면 오늘은 만날 수 없다고 거절하기도 했다. 나는 늘 상대방이 먹고 싶다는 것이 설령 내가 먹고 싶은 것이 아니더라도 말할 수 없었고 상대의 요구라면 여력이 안 되어도 들어주는 거절을 못 하는 사람이었다. 하지만 그것은 나를 지키지 못하는 행동이었다. 나를 위해 타인에게 피해가 가지 않는 선에서 '선택'을 하는 연습은 중요했다.

이것은 반드시 나만을 위한 선택은 아닌데 그 이유는 나의 선택이 거짓이 아니라는 것에 있다. 내가 만약 정말 할 수 있을 때 할 수 있다고 말하고, 행복할 때 행복하다고 말한다면 상대방은 나의 말을 신뢰할 수 있을 것이다. 가끔 "이거 괜찮아?"라고 했을 때 괜찮지 않아도 괜찮다고 하는 사람이라면 나는 여러 번 다시 그 말이 진짜인지를 확인하려고 할 것이고 의심할 수밖에 없을 것이다. 결국 진실은 드러나게 되어있다. 늘 맞춰주는 일은 어려운 일이고 서운함이 생길 수밖에 없기 때문이다. 한참 후에 "사실 나는 하고 싶지 않았어. 널 위해 한 거야."라고 말한다면 그것은 과거의 내가 상담 선생님에게 했던 모습과 같을 것이다. 상대방은 강요한 적이 없는데 스스로 선택한 결과에 대해 필요 없는 상처를 모으는 행동 말이다.

무례하지만 않다면 우리의 정중한 거절은 중요하다. 거절하는 연습은 진짜 자신이 원하는 선택을 할 수 있다는 뜻이다. 그리고 그것은 스스로를 돌보는 연습 중 하나이다. 우리는 스스로를 돌보는 연습을 해야 한다.

내가 물리학과에 간다고 하던 날, 내가 국민대학교를 가겠다고 말하던 날 엄마의 표정에는 실망이 가득했다. 하지만 나는 엄마가 원하는 인형이 될 수는 없었다. 더 이상 그 표정이 나를 아프게 할 수 없었다. 엄마가 실망하더라도 나는 내 선택을 해야만 했다. 나는 잃어버린 나를 찾아가며 스스로가 누구인지, 무엇을 좋아하고 무엇을 싫어하는지, 언제 행복을 느끼고 무엇을 두려워하는지 탐색할 수 있었다.

말하지 않으면 몰라

　나의 새로운 세상이었던 상담 선생님을 사랑하며 나는 매일 상담실에 찾아가는 것 외에 별다른 표현을 하지 않았다. 나는 선생님과의 시간을 사랑했다. 모든 순간을 마음에 기억하고 싶었고 사랑하고 싶었다.

　어린 나는 '상담사'에 대한 큰 환상이 있었는데 상담사라면 당연히 나를 다 이해할 것이고, 사랑이 넘칠 것이며, 말하지 않아도 사람의 의도와 심리를 알 것이라고 생각했다. 정말 터무니없는 생각이었으나 어린 나는 당연히 그럴 것이라고 믿었다. 상담 선생님에 대한 기대가 너무 지나쳤던 나는 선생님을 세상에 존재할 수 없는 천사 정도로 생각했다. 당연히 나는 선생님의 행동에서 상처를 받아야 했다. 심지어 나는 내가 말하지 않았던 진심들을 상담 선생님이 눈치채지 못할 때마다 어떻게 모를 수 있냐고 서운해했다.

직접적으로 말하지 않았어도 나는 내가 매일 상담실에 찾아갔으므로 내가 선생님을 무척 사랑하고 있다는 걸 당연히 알 거라고 생각했다. 내가 선생님을 사랑했다는 걸 내 주위 친구들은 다 알고 있었다. 왜냐하면 친구들에게는 내가 그 선생님을 정말 좋아한다는 사실을 '말했기' 때문이다.

하지만 선생님에게 내 모습은 어땠을까? 돌이켜 생각해보면 매일 찾아가기만 했지, 가서 한마디도 하지 않고 옆을 지키고만 있었다. 또 그런 내 마음을 들키고 싶지는 않아서 흔히 말하는 츤데레처럼 마음에도 없는 말들을 하곤 했다. 선생님에게 관심이 없는 척했고 괜히 장난을 치거나 딱딱한 말투로 이야기했다. 하지만 내 마음은 누구보다도 겁이 많았고 여렸으며 선생님에게 큰 관심과 사랑이 있었다.

그러나 그 어린 나는 표현하는 것에 두려움을 가지고 있었다. 매일 끝나고 상담실에 찾아가면서도 선생님이 보고 싶어서 간 것처럼 보이고 싶지는 않았다. 하루는 학교가 끝나고 상담실로 찾아가 엄마 이야기를 하는데 선생님이 졸기 시작했다. 나는 내가 이렇게나 소중한 이야기를 하는데 선생님이 졸아버린다는 건 나를 소중하게 여기지 않아서라고 바로 결론지었다. 나는 정말 충격을 받았고 선생님에게 나는 아무것도 아니며 나만 선생님을 이렇게나 좋아한다고 생각했다.

하지만 사실 선생님은 나를 사랑하는 마음과 별개로 그날의 일들을 수행하며 지쳐 있었고 예약도 없이 대뜸 찾아와 상담을 진행한 건 나 자신의 이기적인 행동이었다. 나는 그때 전혀 그런 생각을 할 수 없었다.

하지만 몰랐다면 물어봐야 했다. 정말 나의 생각이 맞는지. 나를 소중히 여기지 않아서 이렇게 졸고 있는지를 물어봐야만 했다.

나는 어느새 선생님에게 받은 상처를 조금씩 모으기 시작했다. 매 순간 조금씩 모아 큰일이 될 때까지 기다렸다. 그리고 나는 1학기가 끝나갈 무렵 선생님에게 폭탄 같은 말들을 가득 쓴 편지를 내던지고 도망쳤다. 관계를 끝내야겠다고 생각한 나는 편지에 한없는 원망만 써서 주었다. 나는 선생님이 내 편지를 보고 "내가 지혜에게 이렇게 실수했다고?", "지혜가 나를 이렇게나 사랑했다고?"라며 후회하고 아파하기를 원했다.

　나의 어리석고 어린 행동이었다. 물론 나는 선생님을 그때도 여전히 사랑하고 있었다. 내가 그렇게 행동했던 이유는 그 사람에게 있어서 나를 크게 각인시키고자 했던 데 있었다. 평생 내가 얼마나 사랑했는지를 알고 미안해하며 나를 잊지 않았으면 좋겠다고 생각했다.

　변질되고 퇴색되어버린 사랑이었다.

　선생님이 했던 행동들을 하나씩 적어 놓았으며 그때 선생님에게 받았던 내 상처들을 알려주었다. 그리고 그러면 안 되었다는 말을 적었다. 당신을 이렇게나 사랑했던 나는 힘들었었다는 것을 말해주고 싶었다.

　오랜 시간이 흘러 선생님을 학교에서 마주칠 때마다 선생님은 웃으며 내게 말을 걸어왔다. 나는 그것조차 선생님이 나를 사랑하지 않아서라고 생각했다. 나는 끝없이 자리를 피했고 그녀와 나는 이미 끝나버린 관계라고 생각했다. 또 나는 내가 늘 두려워하던 인간관계의 틀어짐을 두고 내가 사랑하는 사람들은 결국 나와 틀어진다는 결론에 빠져 있었다.

　그러다 한 친구의 도움으로 나는 선생님과 다시 대화

할 기회를 갖게 되었다. 그렇게 내가 다시 상담실에 갔을 때도 나는 또 내심 선생님이 나를 얼마나 그리워하고 미안해했을지 궁금했다. 그러나 선생님과 틀어지던 날에 대한 이야기했을 때, 나는 선생님이 생각보다 미안해하지 않았다는 사실을 알게 되었다.

무엇보다도 나는 더 이상 우리의 갈등에 관해 이야기하고 싶지 않았다. 사실 서로의 서운한 점들과 문제에 대해 사랑하는 사람과 마주하며 이야기하는 일은 쉬운 일이 아니다. 친구, 연인, 가족 모든 관계에서 그렇다.

하지만 선생님은 다시 찾아온 내게 편지의 내용을 하나씩 이야기하며 내가 받은 상처에 오해가 많았다는 것을 알려주었다. 사실 선생님이 가졌던 의도와 진심들을 하나씩 설명해주며 내 상처들은 그냥 내가 만들어낸 상처임을 알려주었다.

나는 그때 그 순간들이 속이 울렁거릴 만큼 힘들었고 적응이 되질 않았다. 내가 좋아하는 사람과의 관계 속 갈등을 놓고 객관적으로 이를 해결하려는 것이 나는 너무 힘이 들었다. 선생님은 나아가 지난 순간들에서 내가 잘못한 부분에 대해 알려주었는데 그때는 정말 다시 선생님을 찾아온 걸 후회할 정도였다.

하지만 그 과정은 꼭 필요한 과정이었다. 더 좋은 관계를 위해서. 그때 나는 서로를 좋아한다면 서운한 감정이 생길 때도 그냥 참고 넘어가는 것이 사랑이라고 생각했다. 관계에서 생기는 문제들을 그냥 넘어가는 것은 쉬운 일이었으며 크게 일을 키우지 않는 것이 늘 좋은 것이라고 생각했다. 그래서 상처를 받던 순간들에도 늘 그냥 넘어가는 것이 내가 상대방을 사랑하는 일이라고 생각했던 것이다.

그러나 그렇지 않았다. 문제를 넘어가 버린다고 문제가 사라질 수는 없는 것이었다. 마치 내가 가진 병을 검사하지 않고 치료하지 않는다고 사라지지 않는 것처럼 문제는 몸의 질병과 같았다. 내버려 두면 점점 커져 회복하기가 더 어려워졌고 치료하지 않으면 사라지지 않는 것이었다. 하지만 이를 정확히 치료하기 위해서는 문제 자체에 대해 정확하게 직면해야 했다. 그래야만 정확한 치료 방법을 말할 수 있기 때문에. 나는 그 과정이 너무도 괴로워 차라리 치료하지 않고 도망을 가는 게 더 좋았던 거다.

마주하는 용기

이처럼 과거의 나는 표현이 서투른 사람이었다. 좋아할수록 더 그랬다. 차마 입이 떨어지지 않았다.

꼭 사랑한다는 말, 좋아한다는 말이 아니어도 내게 다소 진지한 말이나 무거운 주제들을 '말'로 표현한다는 것은 큰 고통 같았다. 이런 내가 선택한 방법은 '글'이었다. 글로 표현하면 그나마 감정, 생각을 자유롭게 표현할 수 있었다.

그래서 나는 문자나 메일, 편지를 좋아했다. 타인과의 갈등이 생길 때에 더욱 그랬다. 나는 문자나 메신저를 통해서 갈등을 해결하려고 했다. 나는 겁이 많은 사람이었다. 타인과의 작은 틀어짐 앞에서 도망치는 것이 영원히 그 사람을 볼 수 없는 것보다 나았다. 갈등은 흐르는 공기의 기류까지 바꾸어 놓을 정도로 나를 사랑스럽게 처다보던 상대의 눈빛을 바꾸어 놓았으며 며칠 전까지만 해도 모든 말을 할 수 있던 사람을 아무 말도 할 수 없는 존재로 만들었다. 바로 옆에 있던 사람이 처음 보는 사람보다 먼 존재로 느껴지게 했다.

그럴 때마다 나는 문자를 보내 일을 해결하거나, 혹은 도망치거나, 그도 아니면 이 문제 상황을 오래 방치해두며 다시 회복되기를 바랐다. 내가 잘못한 것들이 있는 경우에는 더욱 그랬다.

나는 분명 세상에 나처럼 겁이 많은 사람들이 있다는 것을 안다. 살아가며 주어진 많은 관계에서 나는 또 다른 나를 수없이 마주하며 나처럼 갈등을 두려워하는 사람들이 많다는 것을 알았다.

혹여 나와 같은 독자들이 있다면 갈등을 해결하기 위해 상대의 얼굴을 바라보길 바란다. 물론 이것은 당신의 선택이다. 그것이 너무 괴롭다면 도망가는 게 꼭 나쁘다고 하지는 않겠다. 그러나 나는 문자가 주는 왜곡과 대화 사이의 시간이 갖는 위험한 모습들을 많이 보았다. 비언어가 주는 역할은 정말 크다. 같은 말일지라도 표정과 몸짓, 말투와 억양, 잠깐의 침묵까지도. 이 모든 것이 함께할 때 내가 전하고자 하는 모든 것을 왜곡 없이 전할 수 있다.

나는 살아가며 상대를 마주하며 일을 해결하는 게 얼마나 중요한지를 배웠다. 상담 선생님과의 갈등을 해결하던 과정의 두려움은 내가 가장 싫어하는 공포 영화를 억지로 보게 하는 것만큼 괴롭게 느껴졌다. 하지만 그 과정을 통해서 나는 비로소 문제를 해결할 수 있었다.

입장을 함부로 바꾸어 생각하며 그 사람의 행동을 해석하던 내 오류를 고칠 수 있었다. 예를 들어, 나는 선생님이 내가 한 말을 잊어버리면 그 이유를 '나를 사랑하지 않아서.'라고 생각했지만, 사실 선생님은 나의 그 말 외에는 대부분의 말을 기억하고 있었다거나 원래 기억력이 좋지 않은 사람이었다.

나는 문제를 해결해야만 문제가 영원히 사라질 수 있다는 것을 알았다. 그리고 그다음에야 비로소 서로가 더 나은 과정으로 나아갈 수 있다는 것도 배웠다.

내가 진정으로 원하던 것은 언제나 상대와 더 깊은 관계, 행복한 시간이었다. 그러나 나는 그들을 내 마음대로 판단하고 서로의 문제를 묻어두는 게 사랑이라고 생각했다. 그리고 결국 이것들을 모아 터트려버리면서 나는 감히 그들을 징벌했다. 내게 평생 미안해하며 내 빈자리를 느끼기를 바랐다.

그러나 내가 진짜 원하던 것은 그런 것이 아니었다. 서로에게 특별한 존재가 되고 서로에게 유의미한 존재가 되는 게 사실은 내가 가장 원하던 것이었다. 그러나 나는 사랑을 표현하는 방법이 온통 서툴렀으므로 그 특별한 존재가 되는 것을 상대에게 죄책감을 주는 것으로 대체하려 했다.

엄마에게도 나는 엄마가 평생 나를 떠올리며 본인의 훈육 방식을 후회하고 아파하길 바랐다. 평생 그녀의 죄책감을 위해 극단의 상황에서 버텨 갈 수 있었다. 하지만 역시 내가 정말 원하던 것은 엄마와 사이좋은 딸이 되는 것이었다.

마주하는 것은 어려워도 중요한 치료를 받는 것과 같았다. 그래서 서로를 더 이해하고 알아가는 필수적인 과정이었다. 내가 그 사실을 깨달았을 때 내가 마음대로 가진 선생님과의 공백이 얼마나 후회스러웠는지 모른다.

나는 소중한 사람과의 관계를 이어나가는 법을 통해

서 이제야 첫걸음을 내디뎠지만, 나와 선생님의 이별은 얼마 남지 않아 있었다. 선생님은 곧 학교를 떠나야만 했었다.

남겨진 과제

　상담 선생님과의 이별로 나는 큰 외로움을 감당해야 했으나 선생님은 내 마음속에 중요한 씨앗들을 심어주고 갔다. 나는 선생님과의 관계 속에서 많은 것들을 배웠고 깨달았으며 인정했다. 내가 엄마에게서 마음의 독립을 하는 데는 그 후로도 몇 년이 걸렸다. 내 시야는 조금씩 넓어지기 시작했고 나 자신을 스스로 바라볼 수 있게 되었다.

　나는 엄마의 슬픔에서 멀어질 수 있었으며 소중한 사람의 얼굴을 마주하고 다정한 말을 하는 방법을 연습했다. 문제가 생길 때 마음이 무너져 내리더라도 그 사람의 얼굴을 보며 이야기하게 되었다.

　선생님을 떠나보낸 나는 그렇게 성장하며 마음속에 심어진 씨앗들을 꽃으로 피워냈다.

일부러

당신의 집에 일부러 내 물건을 놓고 왔던 건 당신을 사랑해서였어요. 끝내 당신에게 말하진 못했지만, 저는 당신을 한 번이라도 다시 보고 싶었어요. 보고 싶었어요. 보고 싶었어요. 보고 싶다는 마음은 저를 계속 무너뜨렸죠.

분명 여태 당신은 나를 보고 싶어 하지 않았을 텐데 말이에요. 당신은 단 한 번도 나를 먼저 찾은 적이 없었죠. 그게 너무 외로워 당신을 매일 밤 미워하다가도 오늘처럼 나를 그렇게 반겨주면 미움은 늘 사라져버렸어요. 내가 더 좋아한다는 게 이런 거겠죠. 나는 그게 너무 화가 나면서도 오늘 당신 집에 내 물건을 놓고 온 거야. 당신을 한 번이라도 더 보고 싶어서. 정말 보고 싶어서. 보고 싶다는 게 이렇게나 사람을 무너지게 해. 비참하게 해. 나를 미워하게 해. 멈추지 못하는 것마저 나를 외롭게 했지. 그래도 보고 싶었어요. 나는. 언제나 당신을 보고 싶어 했습니다.

자해:
나 너무 힘들어

엄마의 말에 맞대응하면 돌아오는 것은 폭력이었다. 맞을 짓이란 세상에 없었다.

엄마는 늘 너무 내게 엄격했다. 첫째라서 더욱 큰 기대가 있었겠지만, 내가 수학 4등급을 맞은 날, 엄마는 내가 큰 죄라도 지은 것처럼 소리를 지르며 화냈다. 이런 성적으로 도대체 어느 대학에 가겠냐고 말이다.

엄마가 너무 무서웠다. 나는 늘 엄마가 너무 두려웠고 엄마는 나의 모든 꿈을 짓밟고 비웃는 존재였다. 고3 입시 원서를 넣을 무렵 내가 물리학과에 가고 싶다고 말하자 엄마는 비웃으며 죽고 싶다고 했다. 나는 그 말이 더 죽고 싶었다. 엄마한테 울면서 힘들다고 하면 엄마는 늘 가소롭다는 듯이 비웃었다.

지난 내 일기를 읽으면 나는 더 이상 읽을 수 없을 때가 많다. 나는 인격이라곤 없이 엄마의 언어폭력 속에서 숨이 막혀 갔으며 팔다리가 잘려 갔다.

엄마와의 대화는 나를 죽여 갔다. 나의 꿈, 친구, 학교 생활, 교회 생활이 온통 엄마의 저주에 물들고 얼룩져 갈 때마다 나는 괴로움에 멈춰 달라고 했으나 엄마는 멈추지 않았다. 아무리 힘들다고 해도 엄마는 내 말을 믿어주지 않았다. 도대체 네가 뭐가 그렇게 힘드냐고 되물었다. 내 괴로움에 비하면 너의 아픔은 아무것도 아니라고.

고등학교에 들어가서부터는 나는 엄마가 나를 한없이 짓밟고 방을 나가면 혼자 남아 내 목을 조르거나 내 뺨을 치곤 했다. 너무 괴로워서 차라리 몸이 아픈 게 나았던 거다. 내가 미워서도 맞다. 그냥 내가 죽었으면 했다. 내가 너무 저주스러웠고 나를 증오했다. 고등학교 때는 그렇게 나를 스스로 때리거나 미워하던 위험한 밤들이 종종 있었다. 아프지가 않았다. 몸보다 마음이 더 아팠으므로.

고등학교 3학년이 되던 겨울 방학에 엄마와의 싸움을 견디지 못한 나는 답답함과 짓눌리는 마음을 감당할 수 없었다. 눈물 흘리는 내 모습을 보고 엄마는 진심으로 비웃었다. 그렇게 작은 일에 눈물을 흘리는 것이냐며 너보다 엄마가 훨씬 더 힘든 삶을 살고 있다고 말했다. 나도 정말 힘들다고 말해봤으나 엄마는 오히려 동생들 앞에서 나를 때리고 비웃기만을 반복했다.

나는 마음이 갈라져 몸이 잘리는 것 같았다. 이성을 잃어버린 나는 주위를 둘러보다 책상 위에 놓인 가위로 정말 미친 듯이 내 양 손목을 그어댔다. 역시 아프지가 않았다. 마음은 눈에 보이지 않아서 아무리 아프다고 해도 엄마에게 닿을 수가 없다는 게 괴로웠다. 나는 그래서 공감할 수 있을 아픔으로 엄마에게 보여주고 싶었다. 손목에 피가 철철 흐르는 그 순간에도 나는 마음이 더 아팠다. 나는 어떻게든 너무 힘들다는 것을 엄마에게 보여주고 싶었다. 제발 나를 살려달라고 말이다.

이렇듯 내게 자해의 이유는 보이지 않는 마음의 망가짐을 시각화하는 데 있었다. 엄마는 교통사고로 인한 내 무릎의 통증을 본인의 아픔만큼 힘들어했다. 이렇게 눈에 보이던 나의 상처에 괴로워하던 엄마는 막상 그보다 더 망가졌으면 더 망가졌을 내 마음은 볼 수가 없었다. 그러나 보이지 않는다고 해서 없는 것이 아니었으며 내 마음은 매 순간 엄마로 인해 멍들어 가고 터져 가고 있었다. 나는 알아주지 않는 엄마의 모습이 너무 답답하고 괴로워 그런 극단적인 행동까지 이어가게 되었다.

물론 지금 다시 하라고 한다면 절대 할 수 없다. 지금의 나였다면. 글쎄, 엄마가 나를 아프게 하는데 나까지 나를 아프게 하지는 않을 것 같다. 나는 나를 지켜야겠지. 난 정말 소중한 사람이니까 말이다. 하지만 어린 나는 누구도 온전히 사랑하지 못했던 불안정한 사람이었다. 그러나 그런 내가 그냥 그 순간을 지나가 준 것만으로도 나는 내게 진심으로 고맙다.

서로

사랑해도 어쩔 수 없는 일들이 있었다.
나는 그 사실 속에서 평생을 괴로워했다.

독립

23살에 나는 집을 나오기로 결심했다. 독립은 오랜 꿈이었으나 쉬운 일이 아니었다. 먼저 돈이 너무 큰 문제였다. 대학교 공부를 이어나가면서 연애를 하면서 집세를 내고 생활할 돈을 모은다는 것은 쉽지 않았다.

집을 구하는 것부터가 큰 문제였다. 다음 문제는 엄마를 설득하는 것이었다. 엄마의 폭력은 대학에 와서 더욱 심해졌다. 대학교에 와서는 내 자존감도 바닥을 찍어 갔기 때문에 엄마와의 관계로 정말 괴로운 나날을 보냈다. 하지만 엄마의 나를 향한 소유욕, 자식은 부모 손에 있다는 구속은 여전했고 나의 독립은 꿈도 꾸지 못할 일이었다. 만약 독립을 한다면 나는 직장을 가져야 했고 허락을 맡기 위해선 연을 끊어야 했다.

그렇지만 나는 그 모든 어려움에도 독립에 성공했다.

그것도 순식간에 말이다.

나는 여전히 이것이 우연이 아닌 신의 도움이라고 믿는다. 나를 사랑한 나의 신이 나를 도왔다고밖에 나는 말할 수 없다.

나는 대학생을 대상으로 국가에서 빌려주는 돈을 빌려 집을 나오기로 했다. 300만 원이었고 물론 지금 보면 참 작은 돈이라고 느낀다. 엄마의 허락을 맡지 못할 걸 알았던 나는 얘기할 용기가 없었다. 그래서 나는 학교에서 엄마에게 그냥 문자로 통보했다. 나는 곧 집을 나갈 거라고. 그리고 엄마의 불같은 성격은 분노를 이기지 못하고 엄마를 학교 앞까지 오게 했다.

엄마는 내 말에 바로 학교로 달려왔다. 자연과학대 앞에서 내 이름을 부르며 소리를 질렀다. 감히 어디를 나가냐며 말이다. 지나가는 학생들이 쳐다보며 수군댔고 나는 혹시 아는 사람이라도 마주칠까 봐 창피하고 정말 괴로웠다. 엄마는 일부러 더 나를 추락시키고자 소리를 질렀고 한술 더 떠서 자꾸 지도 교수를 만나러 가자고 했다. 지도 교수와 상담을 해야겠다고. 대학은 고등학교와 다른데 엄마는 '지도' 교수에 큰 의미라도 둔 것처럼 담임선생을 만나러 가자는 것마냥 빨리 당장 찾아가자고 했다. 돌아갈 생각을 하지 않았다. 나는 정말 어쩔 수 없이 엄마를 지도 교수님 방에 데려갔다.

엄마는 지도 교수 앞에서 내가 얼마나 나쁜 사람인지를 쏟아냈다. 남자에 미쳐 이제 집까지 나가려 하고 엄마가 아무리 힘든 삶을 살아도 자기만 소중한 아주 속 없는 딸이라고 말했다. 엄마가 가끔 힘들어서 싫은 소리를 한다고 남자친구랑 살림을 차리려 한다는 엄마만의 소설을 늘어놓았다. 나는 반쯤 포기한 마음과 내 삶이 이제 망했다는 생각만 들었다. 감히 집을 나올 생각을 했던 내가 미워질 정도였다.

지도 교수님은 부모의 입장에서 딸이 혼자 살면 얼마나 걱정이 되는지 아냐면서 엄마 편을 들었다. 나아가 대학교 상담 선생님에게 이 사실을 말할 테니 같이 상담이나 받아보라고 했다. 이게 얼마나 흔히 말하는 '신의 한 수'였는지 모른다. 아마 그걸 말하던 교수님조차도 본인의 행동이 어떤 결과를 부를지 몰랐을 것이다.

교수님의 의도는 상담을 받고 내가 엄마랑 잘 지내는 것이었으나 상담 선생님은 상황을 대강 듣고도 내가 얼마나 위태로운 상황 속에 있는지를 파악했다. 내가 집을 당장 나와야 살 수 있다고 단호하게 말했다. 전문가의 말이기 때문에 교수님도 꼼짝 못 하셨다. 상담 선생님은 본인이 책임질 테니 집을 나오라고 하셨고 보증금이 없는 월세 25만 원의 집도 구해주셨다. 고시원도 40만 원이 넘어가던 때에 불가능한 일들이 순식간에 진행되었고 엄마를 설득하는 것도 선생님이 알아서 하셨다.

나는 절대 해결되지 않을 일들이 단순하게 해결되는 것을 보았다. 결국 나는 내가 아르바이트 하는 돈으로 충분히 살아갈 집을 구하게 되었으며 가족과 연을 끊지 않고도 살아갈 수 있었고 결국 엄마의 구속에서 해방될 수 있었다.

엄마가 주는 상처에서 해방되고 나는 급속도로 자존감을 회복하였다. 이 이야기는 책의 후반부에서 구체적으로 하겠다. 어찌 되었든 나는 그때의 일이 나를 사랑한 신의 구원으로 느껴졌으며 나는 포기하지 않고 삶을 이어나갈 수 있었다.

생각보다 부모의 갈등으로 집을 나오고자 하는 많은 사람이 있다. 나는 꼭 나왔으면 좋겠다는 생각이다. 독립은 어찌 되든 누구나 해야 할 일이다. 정신적인 독립, 경제적인 독립 둘 다 중요하다. 그리고 이것은 서로가 서로에게서의 독립을 의미한다.

나는 엄마에게 정신적인 독립을 이미 학창 시절에 이루었으나 엄마는 그렇지 않았다. 엄마는 평생 내가 엄마의 것이라는 것을 끝없이 강조했다. "결국 너는 내 집에 있기 때문에 내가 시키는 대로 해야 한다."라는 말로 나의 정신적인 독립을 끝없이 무너뜨렸다.

이미 정신적으로 엄마의 삶과 사상에서 독립한 내가 엄마와의 갈등이 학창 시절보다 더 커지는 것은 당연했다. 나는 엄마의 소유물이 아니었기 때문에 나는 내 선택을 하고 싶었다.

그러나 엄마는 이를 어떻게든 막으려 했고 내가 해결할 수 없을 '집'을 들이밀며 억압했다. 내가 독립할 능력이 없다는 것을 알았기 때문에 "네가 하고 싶은 대로 살려면 집을 나가라."라고 불리한 상황만 되면 말했다. "그럴 거면 집을 나가라."라는 말에서 나는 내가 해방될 능력이 없다고 생각했고 끝없이 어찌할 방법이 없이 괴롭게 지냈다. 이것은 내가 건강한 마음으로 살아가려는 의지만으로 해결되는 문제가 아니었으며 나는 엄마의 억압 속에서 하루에도 수차례씩 무너지고 무능한 나를 미워했다.

사실 이것은 '정신적 독립'이란 각자의 과제임을 보여준다. 내가 엄마에게서 정신적 독립을 이루었을 때도 엄마는 내게서 독립하지 못했다. 엄마는 여전히 내 삶을 본인의 것으로 생각하고 있었고 나를 어떻게든 통제하고자 했다. 성인이 되어 스스로 생활비를 벌던 내게 엄마의 권력이나 권위는 서서히 무너지고 있었고 엄마는 어떻게든 수직 관계를 보이고자 집을 들이밀며 그 권위를 지키고자 했다.

하지만 그것은 권위가 아니라 나를 향한 소유욕에 불과했다. 내가 독립한다고 엄마의 권위가 사라질 수는 없었고 엄마가 남이 되는 것도 아니었다. 내가 경제적 독립을 한 이후에 엄마도 내게서 점차 독립할 수 있었다. 우리는 각자의 삶에서 서로를 정말 응원하며 살아갈 수 있는 첫걸음을 내디딘 거다.

외로움:
평생의 질병

엄마도 외로웠다는 사실을 내가 살갗으로 깨닫는 데
는 오랜 시간이 걸렸다. 교사가 되고 난 후 내가 처음으
로 가게 된 혼자만의 여행에서 나는 행복과 외로움을
동시에 느꼈다. 행복이 주는 외로움은 내가 어찌 막을
수가 없었다. 너무 완벽한 여행에서 나는 인간의 외로움
이란 신이 준 평생의 질병임을 느꼈다.

모든 것이 완벽한 여행이었다. 날씨와 일정, 숙소, 만
나게 된 사람들 모두가 하나도 빠짐없이 영화와 같았다.
그러나 나는 생각이 많아지는 것, 아니, 정확히 말해서
감정이 많아지는 것을 멈추지 못했다. 나는 갑자기 눈물
이 나곤 했는데 전혀 이유를 알 수 없었다. 그저 모든
감정은 그렇게 서로를 유도하는 것 같았다. 그렇게 나는
긴 감정들의 마지막에 엄마를 많이도 떠올렸다.

엄마도 외로웠겠구나. 엄마의 삶 속 모든 틈에서. 나 몰래 많이 울었겠구나. 어릴 적 그 끊어지는 기억들 곳곳에 엄마의 표정들이 떠올랐다. 그것은 아마 외로운 표정이었을지도 모른다. 아니, 외로워도 살아가려는 표정이었을지도 모른다. 내가 있어서 말이다.

그렇다면 나는 과연 엄마에게 행복이었을까? 나는 어쩌면 엄마를 더 외롭게 만들지는 않았나. 나는 엄마를 얼마나 외롭게 만들었을까. 나는 너무 어려서 엄마의 표정들 속에서 진심을 찾을 수가 없었다. 나의 어린 시절 내가 보지 못한 엄마의 삶이 있었다. 엄마의 외로움이 있었다.

호텔의 그 넓은 침대에 혼자 누워있던 내게 엄마를 향한 생각은 나를 오랜만에 죄책감으로 물들게 했다. 엄마를 데려오지 못한 것부터 시작해 엄마의 청춘, 엄마의 엄마로서의 삶을 생각하게 했다. 내가 나를 사랑해야 했기 때문에 겪던 시행착오 속에서 서로 주고받던 상처가 엄마에게는 어떤 의미였을지 생각하며 나는 그렇게 잠들어야 했다.

죽을 만큼

동생을 죽을 만큼 미워했다. 동생이 내 자리를 앗아 갔다고 느꼈다. 여태 나만의 것이었던 세상을 누군가와 공유해야 한다는 것을 나는 받아들일 수가 없었다.

나는 정말 동생을 미워했다. 동생은 나와 달리 눈치가 빨랐고 사랑받는 방법을 잘 알고 있었다. 엄마의 품에 안겨있는 동생의 모습을 나는 부러워했다. 나는 애교가 많지도 않고 너무 둔해서 같은 상황에서도 엄마의 화를 풀어주는 방법을 잘 몰랐다. 나는 늘 집에서 문제를 일으키는 존재였기 때문에 매일 엄마의 매를 맞아야 했고 혼이 나야 했으며 저주를 들어야 했지만, 동생은 늘 그 모습을 바라보며 본인이 실수하지 않는 방법들을 습득해 나갔다.

나는 그런 동생이 죽을 만큼 미웠고 싫었다. 나는 서

서히 엄마가 나보다 동생을 더 사랑한다고 생각했고 내가 생각하는 '더 사랑하는 정도'는 내가 노력해도 따라갈 수 없는 것이었다.

내가 초등학교 저학년이 되었을 때쯤부터 나는 동생을 정말 많이 때렸다. 엄마가 나를 때린 것처럼 동생을 때렸다. 엄마가 나를 이성을 잃고 때리듯이 나 역시 그렇게 따라 했다. 너무 어렸던 나는 화가 나는 방법을 어떻게 푸는지도 잘 몰랐다. 내가 엄마에게 맞고 있을 때 나를 바라보던 동생이 너무나도 싫었다. 혹시라도 동생이 본인은 실수하지 않고 사랑받고 있다는 것으로 나를 비웃거나 깔보게 될까 봐 두려웠다. 그래서 나는 무력으로 동생에게 내가 언니라는 것을 보여주고 두려워하게 만들었다. 8~9살 정도인 나는 그렇게밖에 못했다. '너는 왜 엄마에게 사랑받지?', '너는 왜 내 자리를 앗아갔지?', '너는 왜 엄마에게 혼나지 않지?', '너는 왜 그렇게 행동해도 괜찮지?', '너는 왜 나와 다르지?', '나를 혹시라도 비웃으면 용서하지 않을 거야.', '엄마가 너를 예뻐한다고 뭐라도 된다고 생각하지 마.'

그런 마음으로 동생을 죽을 만큼 미워했다. 어린 나

는 너무 불안했고 자존감이 무너졌다.

엄마는 매일 동생에게 내 험담을 했다. 사춘기에 들어갈 때는 더 심해졌고 그때쯤 나는 그냥 동생에게 언니가 되는 걸 포기했다. 동생에게도 분명 엄마가 세상이었을 테니 엄마의 말들이 역시 동생의 사상을 지배했을 것이다. 동생은 나를 정말 한심한 존재로 생각했다. 나는 그런 집에서 늘 외로워야 했다. 나는 스스로의 연민에서 헤어나오지 못하는 정신병을 앓는 망상가였고, 집에서는 부모의 속을 썩이면서 밖에서는 남들을 사랑하는 척하는 위선자였으며, 학교에서는 가족을 팔아 동정을 받는 나쁜 사람이었다. 엄마의 언어는 동생의 언어가 되었고 생각이 되었다. 동생은 나를 진심으로 한심하게 생각했고 행동과 언어에서 무시하고 있음을 느낄 수 있었다.

대학생 때 교사를 하고 싶다는 내게 동생은 그 어려운 일을 언니가 어떻게 하겠냐고 했다. 자기 학교 선생님들도 오래 걸린 일이라며 내 꿈을 비웃었다. 동생은 나를 그렇게 생각했다. 철없고 한심한 존재로. 엄마와의 갈등 속에서 내가 죽어 가던 모습을 보았음에도 동생은 늘 엄마 편을 들었다. 내가 방 안에서 눈물을 쏟을 때도 단 한 번도 나를 위로해주지 않았다. 엄마가 다 이유가 있어서 그렇게 행동한 거고 그래도 엄마는 나를 사랑하지 않았냐며 마치 나를 엄마의 사랑 따위는 하나도 모르는 딸처럼 나를 가르치려 했다. 성경 말씀을 들이미는 모습마저 엄마의 모습과 같았다. 그런 동생의 모습에 나는 늘 상처받고 괴로워해야 했다.

짝사랑

교통사고로 입원하며 내 삶을 돌아보던 시간은 동생에 대한 생각을 정리하게 했다. 내가 동생을 정말 미워하게 된 것도 결국 엄마의 잘못이었다는 것을 나는 알았다. 동생이 나를 한심하게 쳐다보는 것도 내가 엄마에게 맞고 혼나던 모든 수치스러운 순간을 보거나 엄마에게서 나에 관한 안 좋은 이야기를 들었기 때문에 나온 자연스러운 결과라는 걸 알았다.

내가 아빠를 미워하는 이유는 내가 어릴 적부터 엄마에게 들어야 했던 아빠에 대한 말들 때문이기도 했다. 아빠가 엄마한테 하는 잘못들을 나는 잘 알지 못했다. 하지만 엄마는 그 어린 나에게 아빠가 어떤 사람이고 언제 어떤 잘못을 했는지 낱낱이 말했다. 나와 동생 모두에게 말이다. 아빠의 어떤 행동보다도 나는 그냥 엄마를 힘들게 만든 사람이라는 게 더 크게 와 닿았으며 아빠가 정말 미워졌다. 아빠는 엄마를 힘들게 하는 사람이었고 가까이 가기 싫은 존재가 되었다. 엄마의 말이 그렇게나 컸다.

엄마는 아빠를 우리에게 이야기하던 것처럼 동생에게 내 이야기를 했고 동생은 그렇게 물들어 갈 수밖에 없었다. 어떠한 상황을 객관적으로 볼 수 있기 이전부터 동생은 내가 어떤 사람인지를 낙인하고 커 갔다. 그 사실을 입원하던 병실에서 정리해나가던 나는 엄마가 참 밉다가도 동생에게 연민을 느꼈다. 그래, 동생은 어쩔 수가 없었던 거겠지. 나를 때리는 엄마의 모습으로 내가 폭력을 습득했던 것처럼 말이다. 나는 어릴 때 내가 실수로 컴퓨터 자료를 지워버렸을 때 엄마가 이불 속으로 도망간 나를 발로 밟아가며 때리던 순간을 기억한다. 내가 초등학생일 때였다. 엄마의 폭력은 늘 그런 식이었다. 어떤 훈계의 개념을 넘어서 이성을 잃은 폭력이었고 나는 그 모습을 학습해서 동생에게 똑같이 했다.

입원을 하는 기간 동안 나는 어떤 일이 있어도 동생은 물론이고 누구에게도 폭력을 쓰지 않겠다고 결심했다.

그리고 진심으로 동생에게 사죄하는 마음을 가졌다. 나는 동생에게 용서받고 싶었다.

그러나 우리는 생각보다 너무 시간이 많이 흘렀고 동생의 마음의 벽과 싸워야 했다. 어떤 이유에서든지 동생을 때린 내 행동은 동생에게 너무 큰 상처였고 잘못이었으며 용서는 동생의 권한이었다. 동생은 나를 정말 싫어했다. 나와 같은 버스를 타면 따로 앉아서 갈 정도였으며 우리는 한 번 싸우면 1년도 서로 말을 안 했다.

내가 대학생이 되어서도 동생은 나에 대해 큰 응어리를 풀지 않았다. 그러나 나의 동생에 대한 사랑은 조금씩 커져 갔다. 나는 동생의 용서를 기다리며 동생을 사랑했다. 함께 시간을 보내고 싶었고 좋은 것을 나누고 싶었고 대화를 하고 싶었다. 늦었지만 지금이라도 좋은 언니가 되고 싶다는 마음을 고등학교에 입학하고부터 이어갔다. 그러나 동생과의 간극이 해결되기까지는 정말 많은 시간이 필요했다. 그리고 아직도 전부 해결되지 않았다.

죽을 만큼 미워하던 동생은 어느새 나의 사랑이 되었다. 나는 동생을 진심으로 응원했고 사랑했으며 동생이 나의 도움을 필요로 하는 순간에 행복을 느꼈다. 동생이 필요할 때만 나를 찾는다는 것을 알았음에도 나는 그 순간을 기다리고 있었다. 내 사랑은 그 정도였다. 동생이 대학 입시를 앞두고 내 도움이 절대적으로 필요해졌을 때 나는 밤을 같이 지새워가면서도 행복을 느꼈다. 내 동생에게 내가 언니로서의 역할을 하고 있다는 것이 나를 의미 있게 만들었다. 동생은 대학 입시를 경험해보며 내게 "언니가 참 대단했었던 거 같아."라고 말했다.

속죄받는 순간이었다. 오랜 암흑 속 구원이었다.

열린회로

　이 열린회로에서 너의 사랑이 불빛이었다면 나의 사랑은 끝없는 전압에 있었다. 이렇듯 멈출 수 없는 사랑에도 전혀 대답이 없는 사랑이 있었다.

문

쏟아지던 내 사랑을 너의 작은 문을 통해 받으려니 받아지질 않았겠지. 그리고 그 문은 동시에 네가 사랑을 주는 문이었잖아.

정말 몰랐니. 사랑하는 일과 사랑받는 일은 결국 서로 거울과 같다는 것을. 너는 결국 네가 가진 문의 크기만큼 사랑을 주고받을 수밖에 없단다.

가여운 내 사랑. 너는 사랑받는 일만을 고집했지만, 아는 만큼만 말할 수 있고 정확히 그만큼 다시 들을 수 있는 것처럼 사랑도 결국 언어와 같단다.

나의 사랑이었다

사랑은 무엇일까.

나의 사랑은 습관처럼 너를 걱정하는 마음에 있었다. 늦은 밤 너의 외로움을, 아니, 사실은 춥지 않은 날에도 말이야.

따스한 날에도 너의 건강을 걱정하는 데 내 사랑이 있었지. 내가 외로워 무너지던 날에도 너의 외롭지 않음으로 위안이 되던 그 마음에. 바로 그곳에 나의 사랑이 있었지.

차마 너의 무너짐을 볼 수 없던 게 내 사랑이었고 너의 모난 말에서 날 향한 사랑을 찾던 게 나의 사랑이었지.

너의 슬픔을 견딜 수가 없던 게 나의 사랑이었다. 나의 사랑이었다. 나의 사랑이었다.

순수한 것들은 늘 나를 울게 했지

디즈니 같은 애니메이션 영화를 보면 늘 눈물이 난다. 고등학교 3학년이 끝나가던 겨울에 영화 〈겨울 왕국〉이 나왔다. 그때쯤 나는 엄마로부터 정신적 독립이 끝나가고 있었다.

엘사의 부모도 엘사를 사랑했을 거다. 그러나 그녀의 특이한 능력을 질병처럼 생각했고 이것은 곧 엘사의 생각이 되었다. 엘사가 부르는 노래에서도 엘사의 생각에 부모의 말들이 박혀 있다는 것을 알 수 있다. 엘사는 죄를 지은 사람처럼 본인을 숨기고 단절을 선택하며 살다가 결국 도망쳐 나온다. 영화 속 엘사가 〈Let it go〉를 부르는 과정 속에서 그녀는 비로소 부모에게서 독립한다. 그녀는 그렇게 건강한 도망을 통해서 평생 본인을 가두던 틀을 깨고 본인을 있는 그대로 받아들인다. 그렇게 본인의 세상을 만들고 아름다운 성을 짓는다. 그녀를 평생 저주받은 소녀로 몰아가던 능력은 사실 그녀가 그것을 어떻게 사용하는지에 달려있었다.

나는 그 과정이 너무 아름답고 신비로워서 영화를 보며 참 많이도 울었다. 내가 나를 미워하고 저주하던 순간에서 벗어난 지 얼마 되지 않았기 때문에 더욱 특별하게 느껴졌을 것이다.

〈마이펫의 이중생활〉에서 "누구도 너를 미워하지 않아."라는 말이 나올 때도, 〈도리를 찾아서〉에서 "너의 탓이 아니야."라는 말이 나올 때도, 〈모아나〉에서 모아나가 부모가 가지 말라는 그 바다에 몸을 내던질 때도 나는 늘 눈물이 났다. 나와 엄마를 떠올리게 하던, 속박으로부터 해방이 얼마나 소중한 것인지 느끼게 하던 순수한 모든 것은 늘 나를 울게 만들었다.

미안하지만 어쩔 수 없어

엄마로부터 모든 독립이 이루어지고 나서도 나는 엄마와의 갈등이 이어졌다. 어린 시절의 나는 내 몸속 어딘가에서 제발 본인을 잊지 말아 달라고 외치고 있었다. 나는 나로부터 독립하지 못했던 거다.

나는 어떤 인생의 고민들이나 기댈 곳이 필요할 때마다 엄마를 찾지 않았다. 엄마에게 내 고민을 이야기하는 것도 싫었고 약한 모습을 보여주고 싶지도 않았다. 엄마도 마찬가지였다. 엄마와 나는 대화가 단절되어 갔고 서로에 대한 장벽을 두고서 서로를 마주하고 있었다. 언제라도 터질 수 있는 시한폭탄을 마음에 품고 지냈다. 어디서부터 해결해야 할지를 몰랐던 나는 그냥 그대로 살아도 괜찮았다. 엄마의 고통과 아픔은 더 이상 나를 아프게 하지 않았다.

외면

내 모든 것을 주어도 아깝지 않은 사람이었으나
나는 그에게 내 모든 것을 주지 않았다.
내게는 주지 않는 것이 사랑이었으므로.
그녀가 원하는 게 내 손에 있었음에도
그녀를 외면하는 것이 사랑이었다.
사랑은 상대의 삶을 대신 살아주는 것이 아니라
상대의 건강한 삶을 응원하는 것이었으므로.

마지막 자존심

내가 교사가 되고 일정한 수입이 생기게 되자 엄마는 당연히 내가 생활비를 주기를 기대했다. 그것은 동생의 기대이기도 했다. 그러나 내게는 그 전에 해결해야 할 문제가 있었다.

나는 정말로 사과받고 싶었다.

엄마가 내게 준 상처와 어린 시절에 관해서 진심으로 사과받고 싶었다. 그것이 먼저였다. 아무리 엄마를 사랑하더라도 나는 어린 시절의 나를 구하고 싶었다. 내가 교사가 되는 과정 속에서 가족에게 비웃음과 저주만을 받아 왔던 나는 내가 버는 돈을 줄 이유가 없었다. 나는 가족과 함께 살고 있지도 않았다. 가난한 집의 억압 속에서 정말 쉼 없이 삶을 이어가며 교사라는 일을 이루었다. 그런데 어떻게 생활비를 당연하게 줄 마음이 생기

겠는가.

주더라도 나는 사과받고 싶었으며 엄마가 엄마의 잘못을 인정하는 순간을 기다렸다. 그러나 엄마는 절대 인정하지 않았다. 나도 내 돈을 주고 싶지 않았다. 그것은 오랜 싸움이었다. 게다가 내가 주는 돈이 우리 집을 가난에서 구할 정도로 큰돈도 아니었고 그저 미미한 변화만 가져올 것을 알았다. 밑 빠진 독에 물을 붓는 꼴이 될 것 같았기 때문에 나는 더욱 내 돈이 의미 없다고 생각했다.

엄마는 나를 원망했겠지만, 대놓고 말하지 않았다. 하지만 알고 있었다. 그러나 엄마의 서운함이 내 탓은 아니었다. 어떤 이유에서든 내가 반드시 엄마에게 내 돈을 줄 이유는 없었다. 내 돈이고 나의 의지에 달려있음을 알았다. 이제 더 이상 엄마의 슬픔은 나를 슬프게 할 수 없었다.

동생은 나를 함께 원망했다. 그러나 그것도 나의 행동을 바꿀 수는 없었다. 가족 모두가 서운해하더라도 내가 돈을 주어야 할 의무는 없었다. 그리고 내가 돈을 주지 않은 이유는 단 하나였다. 엄마와의 마음속 문제가 해결되기 이전에는 나는 무엇도 주고 싶지가 않았다.

　시간이 흐르고 1년이라는 시간이 지나도록 나는 생활비를 주지 않았다. 따로 살게 되었음에도 나는 종종 엄마의 말에 예민하게 반응하였고 자주 어린 시절의 나처럼 반항하기도 했다. 엄마의 말에 트집을 잡기도 했고 짜증을 냈으며 경청하지 않았다. 엄마도 마찬가지였고 우리는 그냥 그렇게 살았다. 설령 함께 붙어 웃고 있을 때도 서로를 향한 긴장을 놓지 않았다. 나는 엄마가 나를 무시하고 괴롭게 한 순간들을 마음속에 새기며 살았고 엄마는 내가 엄마를 무시하고 싫어한다는 생각을 품으며 지냈다. 이런 마음을 함께 품으며 서로를 마주한다는 것은 서로가 실수하기를 기다리며 헤어질 이유를 찾는 연인들과 다르지 않았다. 작은 일에도 서로가 여전히 상처를 주고받았으며 서로의 소중한 말들을 나누지 않았다. 어차피 서로가 경청하지 않을 것을 알고 있었기 때문이다.

용서

　내가 엄마를 용서하는 데는 정말 오랜 시간이 걸렸다. 이것은 내게 주어진 평생의 과제 중 하나였다. 나는 엄마가 내게 용서를 구하는 순간만을 어릴 적부터 간절하게 기다리고 있었다. 그리고 이것은 그만큼 내가 엄마를 용서하고 싶었다는 뜻이기도 했다. 엄마에게 받은 아픔을 나는 엄마가 용서를 구하면 바로 용서할 준비를 하고 있었다. 그러나 이 일은 절대 쉽지 않았다.

　먼저 엄마는 엄마가 의도하지 않은 순간에 받은 나의 상처에 대해서 받아들이지 못했고, 의도했더라도 내가 너무 예민하게 평생을 기억한다고 생각했다. 또한, 엄마 역시 나를 기르며 나의 말들과 행동에 상처를 받았고 무엇보다도 엄마는 내게 상처를 준 순간보다 나를 사랑한 순간들이 훨씬 더 많았다. 엄마는 엄마 나름대로 최선을 다해서 나를 키웠으며 엄마의 삶의 전부를 버려가 듯 하며 나를 지키고 키웠다. 그런데 내가 엄마는 잘못 했고 그러니 어서 사과하라고 요구하는 것은 엄마의 헌신과 사랑을 전부 부정하는 것으로 다가갔을 것이다. 하지만 내가 백 개의 행복한 기억보다 단 하나의 아픔을 기억하는 것은 어쩔 도리가 없는 일이었다. 백 가지 행복과 한 가지 슬픔은 완전히 별개의 일이었으며 서로를 저울질할 수는 없었다. 나는 오히려 돌이킬 수 없는 아주 오랜 내 시간에 비해 "미안하다."라는 한 마디는 훨씬 쉬운 일이었기 때문에 그것조차 해주지 않는 엄마의 자존심을 이해해주고 싶지 않았다.

우리는 여전히 최선을 다해서 서로를 미워했다. 제자리걸음을 수없이 반복했다. 나의 성장과 독립과 별개로 우리는 과거에 갇혀 누가 더 잘못했었고 누가 더 상처받았는지를 두고 지금의 서로를 무너뜨렸다.

엄마와 마지막으로 큰 싸움을 한 날, 나는 이성을 잃고 집에 있는 텔레비전을 바닥에 내던졌다. 엄마는 눈하나 깜짝 안 하고 늘 그랬듯 나를 비웃었다. 그게 하나님을 믿는 사람의 모습인지 물으며 웃었다. 엄마의 그

비웃음과 말투는 나를 더욱 분노하게 했고 어린 시절의 나를 불러일으켰다. 무능하고 스스로를 미워하는 것밖에 할 수 없던 소녀 말이다. 엄마의 권위 아래에서 맞기만 하고 울기만 하던 나를 피어나게 했다. 하지만 이제 나는 능력이 있는 성인이 되어 있었고 엄마는 여전히 나의 성장을 받아들이지 않은 채 짓누르려고 했다. 엄마의 잣대는 여전히 내게 수직 관계를 강요했고 엄마의 말을 진리처럼 받아들이길 원했다. 나는 견딜 수가 없었다.

나는 그대로 내 집으로 돌아가 엄마에게 연락을 보냈다. 최악이라고. 연을 끊자고. 제발. 나는 엄마를 용서할 수 없다고. 평생 엄마의 자식으로 살며 나는 백 번도 더 죽고 싶었다고. 내게는 지옥과 같았다고. 다시는 연락하지 말고 날 위해 기도도 하지 말라고 나는 문자를 보냈다. 스물여섯 살이 되던 1월이었다.

정말 나는 잘 지냈다. 이제 더 이상 엄마의 불행도, 행복도 나를 어떻게 하지 못했으니까. 나는 집이 더 가난해지고 어려워지더라도 그게 내 탓이 아니라는 것도 알았고 엄마의 삶은 엄마의 것이라는 걸 너무도 잘 알았다.

한 달이 채 지나지 않아 동생이 연락이 되질 않았다.

그 이유는 엄마와 나의 갈등에 있었다. 동생은 내가 엄마를 용서하기를 강요했다. 엄마의 몸이 최근 들어 점점 안 좋아지고 있다는 연락과 함께 아무리 상처가 있더라도 엄마가 언니를 사랑해서 한 행동이니 용서하라고 했다. 그러지 않으면 본인과의 관계도 이어나가기 어려울 거라는 협박 아닌 협박까지 했다. 서운한 마음을 누르고 동생에게 차분하게 내 상처가 얼마나 깊고 괴로운 문제인지를 설명했지만, 돌아오는 건 냉정한 말뿐이었다.

"언니만 트라우마가 있는 게 아니야. 엄마도 아빠에 대한 트라우마 때문에 아무것도 못했다면 우리 집은 이렇게라도 살아가지 못했을 거야."

"언니가 과거 엄마의 잘못을 들춰내며 용서를 바라는 것도 좋은 일은 아닌 것 같아."

"엄마 덕에 언니도 지금까지 살아갈 수 있었던 거야."

"하나님께서 네게 주신 부모를 공경하라고 하셨잖아.

부모를 공경하는 것은 십계명에서 정말 중요한 계명이야."

"엄마를 외면하는 모습이 하나님에게 기쁜 일은 아닐 거야."

동생의 모든 말은 과거의 나를 다시 한번 죽이는 것과 같았다. 동생은 엄마에게 그렇게 행동할 거면 그냥 연을 끊자고 했고 나는 차라리 그러자고 했다. 내 말에 더 동생은 날이 선 말들과 함께 언니는 '가족을 버린 사람'이라고 했다. 엄마가 평소 자주 쓰는 단어였다.

어차피 인생이란 외로운 순간이었던 내게 동생과의 대화는 외로움을 초월해 모든 것을 허무하게 만들었다. 그날은 동생의 시험 준비를 위해 내가 기꺼이 독서실비와 점심값을 내어주고 있던 나날 중 하루였다. 동생이 돈이 없어서 여행을 못 가 아쉬워하는 마음이 내가 더 괴로워 기꺼이 여행 경비를 내어 함께 해외여행을 다녀온 지 얼마 되지 않은 날이었다. 그런 내 사랑들은 전혀 보이지 않는 것 같았다. 동생은 미련 없이 나와의 연을 엄마 때문에 정리할 수 있었다. 내게 엄마와 동생은 전혀 다른 사랑이었음에도.

고등학교 상담 선생님께 가족 일로 연락을 했을 때 선생님은 상황을 듣고 내게 새로운 상담을 받아보지 않겠냐고 제안했다. 그 말에 나는 왜 잘못은 엄마가 했는데 내가 상담을 받아야 하는지를 물었다. 선생님은 침착하게 네 말이 다 맞지만, 일단 받아보며 상처를 돌보지 않겠냐고 물었고 나는 그렇게 하겠다고 했다. 그리고 그 대화는 내가 상담을 따로 진행하지 않아도 스스로 끝나지 않을 이 문제를 해결하게 만들었다.

나는 이후 새로운 사실에 직면하게 되었는데 바로 나 자신의 문제였다. 직장 생활에서도 분명 마음에 들지 않는 상사와 동료의 말에는 예민하게 반응하지 않으면서 왜 엄마의 말에만 나는 그렇게 날이 서서 반응했는지 스스로 의문이 들었다. 그리고 나는 이것이 단순히 엄마의 문제가 아니라는 것을 알았다. 사람은 누구나 모난 부분들이 있고 서로 마음에 들지 않는 점들을 받아들이며 살아가고 있다. 왜 나는 엄마를 그 평범한 사람들만큼 볼 수 없었던 걸까? 그것은 나의 문제였다.

나는 엄마가 나를 엄마의 잣대로 판단하고 틀에 가두었던 것처럼 나만의 잣대로 엄마를 끝없이 자로 재듯이 바라보고 있었다. 엄마의 잘못을 나는 받아들일 수 없었다. 내가 싫어하는 행동을 조금이라도 하는 모습에 분노했고 말로써 엄마에게 꼭 상처를 주어야 했다. 엄마가 잘못했기 때문에 나의 행동은 어쩔 수 없는 거라고 생각했다. 나는 그런 나 자신의 모습을 한 번도 객관적으로 돌아보질 못했다.

엄마가 내게 사과하지 않는 것을 두고 나는 '이것만큼은' 내가 양보할 수 없다고 생각했다. 왜냐면 그게 '맞는 것'이니까. 나는 늘 정답이 없다고 해놓고 정말 그것만큼은 양보할 수가 없었다.

그러나 엄마는 내가 고칠 수 없는 사람이었다. 엄마는 그냥 그런 사람이다. 사과하지 않는 사람. 그것이 내가 생각했을 때 아무리 좋고, 옳고, 중요하더라도 엄마는 그렇게 하지 않을 사람이었다. 그리고 그것을 받아들이는 것은 나의 문제였다.

나의 문제라는 것을 받아들이고 나는 비로소 엄마를 받아들일 수 있었다. 나는 그렇게 엄마를 용서했다. 엄마의 사과는 필요 없었다. 마음속에 갇혀 있는 어릴 적의 나도 이 사실을 진정으로 받아들였다. 그러자 내가 미뤄두었던 과거 엄마의 사랑들이 밀려오기 시작했고 엄마가 나를 사랑했다는 사실이 나를 괴롭게 하던 순간들과 더 이상 싸우지 않았다. 엄마가 최선을 다했다는 사실까지 받아들일 수 있었다.

　나는 진정으로 이제 과거에서 벗어날 수 있었다. 사실 나는 진작부터 엄마를 용서하고 싶었다. 엄마가 최선의 선택을 했었다는 걸 나도 알았으니까. 다만 다른 사람들이 이래라저래라할 문제가 아니라 정말 나 스스로 결정해야 할 문제였으며 이렇듯 용서란 누구의 간섭으로는 이루어질 수 없는 것이었다. 맞고 틀리고의 문제가 아닌, 용서하는 사람의 마음에 전부 달려있었기 때문에.

용서하던 날

잘 가. 내 모든 억압들. 고통들.
나를 놓아주어 고마워.
늘 나를 괴롭히던 것은 내 안에 있었지.
붙잡고 있어야 행복할 거라 믿어서
우리는 서로를 놓지 못했던 거야.
하지만 이제 나도 너희를 놓아줄게. 안녕.

이제 나는 행복할 것 같아.

나: 위태롭던 날들

사랑은 모든 것을 참으며 모든 것을 믿으며

사랑의 갈증

부모에게서 오는 사랑의 결여는 내가 오랜 시간 사랑에 목마르게 했다. 나는 나아가 스스로를 사랑할 수 없었다. 부모의 언어로 내 사상은 만들어졌다. 엄마가 나를 가치 없이 여기던 모든 순간, 내가 죽기를 바라던 말들, 내 외모를 지적하던 말들은 내가 나를 바라보는 기준이 되어 있었다. 이것은 너무도 자연스러운 사상처럼 어디서부터 고쳐야 할지 알 수 없었다.

내 사상이 곧 부모로 만들어졌다는 사실을 직면하는 것조차 오랜 시간이 걸렸다. "나는 위선자야.", "나는 글을 잘 못 써.", "나는 벌을 받을 거야."라는 말들을 종종 했다. 그것은 엄마로부터의 말들이었다. 엄마는 내가 거짓말을 잘한다고 말했다. 어릴 적부터 거짓말만을 늘어놓는 사탄 같다고 말했다. 음흉하고 감성적이며 자기만 소중한 사람이라고 했다. 하고 싶은 게 있으면 부모고 뭐고 없는 못된 아이라고 했다.

엄마는 내가 나쁜 짓을 하지 않아도 다 나쁜 짓으로 몰아넣었다. 중학교 때는 틴트를 바르는 내게 술집 여자 같다고 말했다. 그러나 내 친구들 중에서 그 정도의 화장을 하지 않는 친구는 없었다. 친구들과 어울리기 위해 가끔 입술을 칠하는 행동을 할 때마다 나는 '술집 여자'라는 생각을 지우지 못했고 죄를 저지르는 것 같았다.

나는 무너진 자존감을 내가 지니고 있는지조차 몰랐다. 나를 돌아볼 시간이 없었다. 나는 늘 대학에 가기 위해 공부하는 데 모든 시간을 쏟아야 했다. 나는 하루에 수학 문제를 100문제씩 풀었다. 그렇게 편두통이라는 병을 얻었던 나는 내 몸이 아무리 상하더라도 대학을 가기 위해 공부하는 것이 나를 위한 일이라고 생각했다. 내 건강은 하나도 소중하지 않았다.

나는 엄마에게 받지 못한 사랑을 고등학생 때는 선생님들을 통해 채우려 했으며 친구를 통해 채우려 했다. 대학에 가서는 남자친구를 통해서 결여된 사랑을 채우려 했다. 그러나 나의 낮은 자존감과 사랑의 결핍은 나의 모든 관계를 불행으로 이끌었다. 엄마의 사랑은 엄마만이 줄 수 있기 때문이다. 이것은 마치 물이 마시고 싶은 상황에서 커피나 탄산음료, 주스들만 마시며 갈증을 없애려 하는 것과 같았다. 나아질 리가 없었다. 나는 매일 더 목이 말랐다.

대학

 스스로를 사랑하지 못하던 마음은 오랜 시간 나를 갉아먹었다. 내가 나를 사랑하지 않는 것으로 인해서 큰 어려움을 겪었던 것은 대학에 입학한 직후였다. 입학 전까지만 해도 대학만 가면 모든 것이 해결될 것이라는 막연한 믿음이 있었다. 학교에서 세뇌당하듯 "대학만 가면…"이라는 말을 너무도 많이 들었기 때문에 정말 대학만 가면 모든 게 해결될 거라고 믿었다. 정말 그렇게 믿고 싶었던 것 같다. 그 믿음이 없었다면 그토록 대학에 가고 싶지 않았을 테니까. 대학에 입학하면 당연히 독립을 할 수 있을 것 같았고, 행복한 연애를 할 수 있을 것 같았고, 쉽고 편안한 과외를 구할 수 있을 것 같았고, 돈에서 해방이 될 줄 알았다. 대학에 가면 더 이상 공부에 스트레스받지도 않고 행복할 날들만 펼쳐질 거라고 믿었던 것이다.

그러나 대학은 오히려 정말 현실이었다. 현실 그 자체였다. 모든 지역에서 몰려온 나이가 서로 다른 새내기들을 마주했다. 새내기 중에는 재수는 물론, 삼수생도 많았고 25살인 언니도 있었다. 대학에 가서 배우는 물리는 정말 외계어와 같았고 교수님의 수업방식은 내게 도통 적응할 시간을 주지 않았다. 공부량은 고등학교의 몇 배나 많았고 적응과 이해가 느린 내게 이것은 끝없는 난관이었다. 하지만 대학은 공부가 전부가 아닌 곳이었기 때문에 나는 아르바이트를 병행해야 했다.

아르바이트 역시 구하기가 쉽지가 않았다. 과외는 인맥이었고 나는 학원 아르바이트를 할 만큼의 역량이 없었다. 최저임금을 받으며 주말 온통을 시간 내어도 큰돈을 벌 수 없었다. 그런 돈으로 독립은 물론이고 겨우학교생활을 하는 것도 벅찼다. 매일 식비와 교통비, 친구를 만날 돈과 데이트를 할 돈이 내게는 여유롭지가 않았다. 동기들과 커피 한 잔을 마실 때도 마음이 불안했다.

물리가 적성에 맞지도 않는데 덜컥 와버린 물리학과

에는 정말 소위 말하는 '천재'들이 있었다. 난 그 아이들의 머리를 노력으로 절대 따라갈 수가 없었다. 대학에 와버리니 고등학교 때 조금 조명받던 내 자랑거리마저 보잘것없는 것이 되었다. 나는 한 시간을 투자해야 겨우 책 한 줄을 이해할 수 있었다. 대학에는 훨씬 공부를 잘하는 아이들이 넘쳐났다. 나아가 자기 관리가 뛰어난 사람, 옷을 잘 입는 사람, 화장을 잘하는 사람, 운동을 잘하는 사람, 부유한 집안의 사람, 성격이 정말 좋아 누구나 다가가고 싶은 사람 등 너무 다양한 사람들이 있었다. 그리고 나는 그 누구에도 속하지 못했다.

고등학교 때까지만 해도 나는 내가 비록 아무것도 가지지 못했지만, 공부를 그나마 조금 잘하는 것 하나로 내 인생이 누군가보다 앞서고 있다고 생각했다. 내 외모, 자기관리 능력 따위는 공부를 잘하니까 괜찮다고 생각했다. 하지만 이미 같은 대학, 같은 과에서 학력은 자랑이 될 수 없었다. 이제는 다른 능력들이 빛나기 시작했다. 그러나 나는 가진 것이 아무것도 없었고 공부마저도 따라갈 수가 없었다. 화장을 처음 해 보는 내가 하는 화장은 너무도 어색했고 옷을 잘 입고 싶었으나 입는 법도, 옷을 사는 법도, 살 돈도 없었다. 결국 다시 돈에 부딪히고 나는 가난이 이렇게나 큰 문제가 된다는 것을 다시 느껴야 했다. 돈이 많은 집의 동기들은 매달 용돈을 받으며 주말은 자신을 위해 여가 활동이나 자기계발에 투자했다. 그러나 나는 매일 소모적인 시간을 보내야 했으며 쉼 없는 나날만을 보내야 했다.

대학 입학 후 나의 자존감은 순식간에 무너졌다. 아니, 아주 이전부터 내 자존감은 바닥에 있었으나 대학에 와서 꼼짝없이 그 자존감을 직면해야만 했다. 도망갈 곳이 없었다. 내가 너무 초라하게 느껴졌고 학교생활이 외로웠다. 게다가 새내기 때 나는 대학교 선배들이 인사를 잘 받아주지도 않았다. 고등학교 때 한 살 어린 아이들과 지내며 나이가 중요하지 않다고 느낀 내게 이런 문화는 분노까지 치밀게 했다.

새내기 시절 무너지는 자존감 속에서 늘 위축되어 있었던 나는 거울도 보고 싶지 않을 정도로 내 못난 모습이 신물 났다. 엄마의 폭력도 멈춰지지 않았고 가난한 집은 더 가난해져만 갔다. 내게 이 가난을 해결할 방법이 일단 지금 당장은 없다는 걸 알았을 때 대학 4년이 너무도 소모적으로 느껴졌다. 학점이 엉망으로 나오고 50명 중 30등을 넘어가던 순간쯤에는 나는 교직 이수가 불가능하다는 것을 예감해야 했다. 결국 교사도 할 수 없다는 것을 알 수 있었다. 내가 노력해도 갖지 못하는 것이 많다는 것을 매일 배워야만 했으며 내가 오랜 시간 노력한 것들이 누군가는 당연히 가지고 있는 것들이라는 것을 알아야만 했다.

나는 무엇도 갖지 못한 나 자신을 직면하고 한계를 마주하며 조금씩 오랜 꿈과 멀어지는 하루들을 보냈다.

위험한 사랑

자존감의 부재는 무면허 운전과 같았다. 나는 늘 위태로운 사랑을 했다. 오랜 연애를 하던 과정 속에서 내 낮은 자존감은 수면 위로 올라와 내 연애를 엉망으로 만들어버렸다.

엄마를 건너, 선생과 친구를 건너 나의 다음 세상은 남자친구였다. 다른 세상들과는 달리 이 사랑은 호르몬으로 인한 감정의 극단들로 무엇보다도 빠르게 그 세상 속에 내가 빠져들게 했으며 중독되게 했고 모든 사고를 닫아버리게 했다. 온몸이 마취가 되듯 정신이 마비되었던 가장 수동적인 사랑이었다.

운명이라고 믿었다. 내 모든 연애가. 대학 시절의 연애는 더욱 그랬다. 나는 그 사람을 만난 순간부터 사랑이 이루어지던 순간까지 모두 영화 같다고 느꼈다. 나는 잠깐 그 주체할 수 없는 행복이 삶의 구원인 줄 알았다. 연애가 시작되고 나는 온통 내 모든 것을 바쳐가며 연애를 했다. 시간, 돈을 아끼지 않았으며 그 사람의 모든 것이 되고 싶었고 그가 내 모든 것이 되기를 바랐다. 무엇보다도 연인이라는 것은 그런 거라고 생각했다. 드라마, 연애 소설에서는 그렇게 나와 있었으니까.

연애는 현실이었다. 호르몬으로 인한 떨림과 행복은 꽃이 만개한 순간처럼 지는 일만 남아있었다. 설령 내 마음은 여전했을지라도 남자친구의 식어가는 감정까지 내가 잡을 수는 없었다. 그는 점차 나를 매일 만나는 일을 서서히 귀찮아하고 매일 밤 내 연락과 전화에 싫증을 내기 시작했다. 그것은 내게 극단의 두려움으로 다가왔다. 나는 사랑하는 사람의 날 향한 사랑이 식어가는 것을 멈추고 싶었다. 멈추고 싶었던 나는 더 사랑했고 더 집착했지만, 그것은 남자친구를 더욱 지쳐가게 만드는 행동이었다. 남자친구의 날 향한 간절함을 빠르게 소멸시키는 행동이었다.

점점 우리의 관계는 수직 관계가 되어가고 있었다. 흔히 말하는 '갑'과 '을'의 연애가 시작되었다. 나는 '을'도 아닌 '졸' 정도를 맡고 있었다 해도 과언이 아니다. 남자친구는 점점 나를 함부로 대하기 시작했다.

"다시 담배를 피우고 싶어. 못 피우게 된다면 헤어지는 게 나을 것 같아."

연애하기 전, 피우던 담배를 날 위해 당연히 끊겠다던 그 사람은 없었다. 그는 서서히 나를 함부로 해도 내가 그를 떠날 수 없다는 것을 알아갔다. 나는 그의 헤어지자는 말만큼 두려운 게 없었기 때문에 어떤 말에도 제발 나를 버리지 말아달라고만 빌었다.

"연락을 기다리지 마. 어차피 상처받는 건 너야."

매일 밤 그의 연락을 기다리며 나는 조금씩 죽어 갔다. 연락을 기다려본 사람은 죽어가는 기분이 무엇인지 알 거다. 편안한 마음으로 차마 잠들 수 없던 그 무수한 밤들에 나는 잠들어 있는 동생들 옆에서 소리 없이 울었다. 처음으로 돌아가고 싶었다. 그가 나를 간절히 원하던 그 순간, 그 눈빛, 그 표정을 나는 다시 보고 싶었다. 나를 위해 늦은 밤에도 달려오던 그가 있던 순간으로 돌아가고 싶었다.

그러나 그건 불가능했다.

그는 나를 소중히 여기지 않았다. 가장 사랑하는 사람이 나를 소중히 여기지 않는다는 사실은 나의 가치를 벌레보다 못한 존재로 느끼게 했다. 내 전부인 사람에게 나는 그저 '가끔 읽고 싶은 책'이라는 사실을 받아들이며 나는 내가 쓸모없는 사람이라고 생각했다. 나는 결국 사랑받을 수 없는 사람이었다. 노력해도 가질 수 없는 마음을 보며 그런 사람을 이미 이렇게나 사랑해버린 나를 저주했다.

수없이 헤어지자는 말을 반복하던 그의 말에 나는 그저 늘 제발 나를 버리지 말아 달라고 울며 내 자존심, 아니, 나 자신을 내다 버렸다. 그가 없이는 살 수 없었다. 나를 소중히 하지 않고 사랑하지 않는 사람이어도 나는 그가 없이는 단 하루도 살 수 없었다. 그래서 나는 필사적으로 그를 잡았고 그에게 모든 걸 맞추며 연애했다. 비극이었다. 내 연애에 나는 없었다.

처음처럼 나를 사랑해줘

　나는 남자친구의 연락 횟수가 줄어들거나 나를 조금 귀찮아하는 기색만 보여도 두려워했다. 우리는 연애 초에 한 달간을 거의 하루도 빠짐없이 만났다. 잠시도 떨어져 있을 수 없었고 보고 싶은 마음을 견딜 수 없었다. 바쁜 학기 초에도 서로를 만나면 에너지가 충전되는 기분이었던 우리는 함께 있는 것이 행복한 꿈을 꾸는 것 같았다. 그러나 시간이 흐르며 우리는 꿈에서 깨 현실로 돌아와야만 했다.

　우리는 세상이 아름다워 보이고 모든 일을 이루어낼 수 있을 것 같았지만, 그것은 세상이 아닌 내 마음속의 일이었다. 술에 취하면 기분이 좋아지고 용기가 생기듯이 우리는 서로에게 잠시 취해 있었던 거였다. 하지만 나는 그에게서 깨고 싶지가 않았다. 그리고 그보다 더 그가 내게서 깨어 나오지 않기를 바랐기 때문에 나는 그의 작은 변화에도 몸이 뒤틀리듯 괴로웠다.

나는 그가 사랑의 꿈에서 깨어 가는 것이 곧 사랑이 식어 가는 것이라고 생각했다. 나는 그가 매일 처음 마음을 유지해주기를 원했다. 매일 나를 보고 싶어 해주고 매일 집에 데려다주며 매일 내가 좋아 어쩔 줄 모르는 표정을 지어주기를 바랐다. 그러나 그럴 수 없었고 나는 그것을 받아들일 수가 없었다.

나는 그의 식어 가는 듯한 행동에 매일 서운해했고 그가 해주었으면 좋은 행동을 하나씩 부탁했다. 처음에 나를 간절히 대해주었듯이 다시 간절히 대해주기를 요구했고 눈을 뜨면 바로 연락을 해주기를 요구했고 아르바이트가 끝나고 매일 나를 데려다주기를 요구했다.

그러나 이 모든 것들은 같은 행동일지라도 처음의 그가 하던 행동과 전혀 달랐다.

나는 이 모든 행동을 남자친구에게 프로그래밍함으로써 남자친구의 개인적 의지를 박탈시켰다. 같은 행동일지라도 완전히 다른 일로 만들어버렸다.

내가 진짜 원하던 것은 그의 사랑하는 마음이었다.

나는 그 사랑하는 마음을 구걸했고 조작하려고 했다. 하지만 그렇게 사랑은 프로그래밍되는 것이 아니었다. 내가 강제로 그의 마음을 뜯어내려 할수록 그는 더욱 나에게서 멀어져 갔다.

　모든 행동을 요구한다 해도 나는 그의 나를 사랑스럽게 쳐다보던 그 눈빛까지 프로그래밍할 수는 없었다. 그의 마음은 내 것이 아니었다.

질투와 증오

　나에 대한 자신감의 결여는 끝없는 질투를 불러일으
켰다. 나는 나 자신에게 자신이 없었다. 남자친구가 지
나가는 말이라도 누군가에 대해 칭찬을 하면 나는 마음
이 내려앉았다. 길거리에 붙어있는 포스터 속의 연예인
을 보고 예쁘다고 말할 때마다 나는 괴로웠는데 왜냐면
내가 봐도 그녀는 너무 예뻤고 나는 초라했기 때문이
다. 그 시절 나는 내 얼굴도 보기 싫었던 때였다. 화장
을 해도, 예쁜 옷을 입어도 나는 내가 너무 못나 보여서
사진도 잘 찍지 않았다. 내 얼굴을 증오했다. 내가 너무
못생기고 살이 쪄서 스스로가 진심으로 신물 나고 역겨
웠다.

　나를 증오했다. 내 얼굴을 찢어버리고 싶었다. 나는
나를 가꾸지 않았다. 가꿀 가치도 없는 나라고 생각했

다. 예쁜 사람들을 끝없이 부러워했다. 마른 사람들을 부러워했고 돈이 많은 사람들을 부러워했으며 똑똑한 사람들을 부러워했다. 피부가 좋은 사람, 키가 큰 사람, 눈이 예쁜 사람, 춤을 잘 추는 사람, 성격이 좋은 사람…. 그때 나보다 못난 사람은 세상에 단 한 사람도 없었다. 모두가 나보다 잘나 보였던 나는 하루 종일 만나는 모든 사람을 나와 비교하며 스스로를 칼로 찌르듯 괴롭혔다.

그런 내가 하던 연애는 정말 위태로웠다. 남자친구에게는 내 모든 결점을 드러낼 수밖에 없었다. 남자친구는 내 자존감을 채워줄 수 없었고 오히려 그 자존감을 무기로 삼았다. 그는 불리한 상황이 되면 내 약점을 가지고 "자존감이 높은 사람과 연애하고 싶다."라고 했다. 나는 나 같은 사람과 연애하게 해서 미안하다는 말밖에 할 수 없었다. 그런 그의 행동은 참 잔인한 행동이지만, 그때 내 남자친구가 지쳐가던 것도 당연한 일이었다. 나는 정말 누군가를 지쳐가게 할 만큼 자존감이 낮았다.

자존감을 회복하고 싶었다. 자존감이 중요하다는 것을 몰라서 낮았던 건 아니었으니까. 나를 갉아먹는 자존감에서 나도 해방되고 싶었다. 그러나 방법을 몰랐던 나는 하루에도 수차례 눈물을 흘렸다. 내가 너무 미워서. 살고 싶지가 않아서. 거울을 보고 싶지가 않아서. 그 시절 내 모든 일기는 날 향한 저주였으며 나를 미워하는 글투성이였다.

　이어지는 글들은 자존감으로 정신이 무너지던 그 날들의 일기들이다.

어린 왕자

어린 왕자가 지구에서 장미밭을 보았을 때
소행성 B612의 장미도 함께 있었다면 어땠을까.

내가 그 장미였다면
그 순간 시들어버렸을지도 모르겠다.

나를 대신할 수 있는 게 무수해질 때,
그냥 그대로 부서지고 싶을지도 모르겠다.
더 이상 장미이고 싶지 않을지도 모르겠다.

너의 의도

　그날 밤은 너무 차가웠어. 온몸이 조금씩 얼어 갔지. 그리고 그 모든 것은 너의 의도였다. 너는 내게 꼭 그렇게까지 해야만 했다. 내 마음, 아니, 내 삶이 너로 인해 무너질 것을 다 알면서.

　너의 바람대로 나는 숨이 막혀 갔다. 그 밤에 나는 너의 연락을 기다리며.

　눈물도 흐르기 위해선 힘이 있어야 한다는 것을 알았다.

너의 밤

너의 밤에 나는 없었다.
나는 그렇게 녹아 죽었다.
너는 밤새 전화를 받지 않았다.

널 저주하던 마음이
아직 널 사랑한다고 말했다.

날 지켜보던 달이 입을 열었다.
그는 일부러 전화를 받지 않았다고.
별들도 함께 재잘거렸다.
그는 널 더 이상 사랑하지 않는다고.

네가 버린 이 깊은 밤 속에서

나는 이대로 죽어도 좋을 것 같았다.
사랑이 내 세상의 전부였을 밤이었다.

지난 일기(2016. 4. 10.)

우리의 사랑이 영원하지 않길.

지금은 나오지 못한들

언젠가 끝이 오기를 바란다.

침묵

너는 아무 말도 하지 않았다.

아무 말이라도 해주었다면 좋겠다.

너

아무리 깊어져도 불안한 사이가 있다.

제발

울지 않을 밤이 올 거야.
스스로를 사랑할 날도.

기도(2016. 1. 3.)

스스로를 사랑하게 해주세요.

나: 회복

사랑은 모든 것을 바라며 모든 것을 견디느니라

자존감이 낮아도 괜찮아,
평생 회복하지 못해도 괜찮아

　나의 자존감 회복은 '높은 자존감이 정답'이라는 틀에서 벗어나는 것에서부터 시작되었다. 나의 극단적인 성격은 또 어떠한 정답에 휘둘리고 있었다. 자존감이 높은 삶이 아무리 가치 있고 이상적인 삶이더라도 정답일 수는 없었다. 그것이 정답이 되어버린 순간 나는 자존감이 낮은 나 자신을 끝없이 오답으로 밀어붙이며 매 순간 무너지고 부서져야만 했다.

　그러나 나는 자존감이 낮은 사람이었다. 그리고 이것은 정말 어쩔 수가 없었다. 내 탓이 아니었다. 나는 어린 시절 부모에게 존중받지 못해서 결국 낮은 자존감을 가지고 살아야만 했다. 내게 나보다 더 소중한 존재에게 가치 없다고 여겨지던 순간은 내가 나를 그렇게 생각하

게 했다. 그런 내게 빨리 자존감이 높아지라고 하는 것
은 새로운 억압이었으며 폭력이었다.

나는 내게 또 새로운 폭력을 휘두르며 스스로를 사랑
하지 못하는, 나를 미워하는 모순을 저지르고 있었다.
나는 내가 평생 자존감을 회복하지 못할 수도 있다는
것을 인정했다. 그리고 그래도 괜찮다고 진심으로 생각
했다. 정말 그것이 내 탓이 아니기 때문에.

나는 나를 위로했다. 이전까지 나는 무의식중에 타인
과 나를 비교하던 스스로를 발견할 때마다 자괴감이 들
었다. 왜 나의 사고는 이렇게밖에 귀결될 수 없는지를 두
고 나를 미워했다. 왜 나는 늘 이렇게 '오답'만을 내어놓
는 건지, 내가 너무 바보 같았다. 하지만 모든 것을 인정
하기로 한 후로부터 나는 나의 '바보' 같은 모습을 사랑
하기로 했다.

'또 너를 미워했구나. 지혜야. 하지만 정말 괜찮아. 지
혜 너는 원래 자존감이 낮은 사람이니까. 그렇게 생각할

수도 있어. 괜찮아. 괜찮아. 네 탓이 아니야.'

그리고 이 생각은 나를 구속하던 족쇄를 푸는 진짜 열쇠였다.

아이러니하게도 나는 자존감이 높아지는 것을 포기하는 데서 자존감을 회복할 수 있었다. 나는 정말 빠르게 자존감을 회복했다. 경제적 독립은 이를 더 빠르게 추진시켜 주었고 나는 어느새 내가 자랑스러워졌다. 이렇게 낮은 자존감, 가난한 상황, 사랑의 결여에서 나는 어찌 되든 살아가고 있었고 그런 스스로에게 처음으로 고맙다는 생각이 들었다.

대상을 있는 그대로를 받아들이는 '인정'은 이렇듯 사랑의 필수적인 요소였다. 나는 나를 있는 그대로 받아들이면서 나를 괴롭히던 모든 구속에서 해방되었다. 짝눈을 가진 나 자신도, 아토피가 있는 모습도, 아무리 공부해도 좋은 성적이 나오질 않는 결과도, 긴 머리가 어울리지 않는 나 자신도, 늘 인간관계에서 상처를 받는 나 자신도 나는 다 소중했고 고마웠으며 사랑했다.

　누구도 나를 감히 가치 없다고 말할 수 없었다. 나의 전부라고 여기던 존재들마저도. 나만이 나의 전부일 수 있었다. 내가 허락하지 않는 이상 누구도 내 세상이 될 수 없었다. 나는 가치 있는 사람이었다. 이것은 아무리 자존감 회복에 관련된 영상, 글귀를 읽어도 해결할 수 없는, 내가 해야 할 나만의 과제였다. 나는 나를 사랑하며 비로소 자유를 얻었다. 모든 관계의 균형을 찾았고 내 상처를 돌볼 수 있었다.

나를 사랑하는 것도 너의 자유

나는 나를 사랑하며 타인마저 진정으로 사랑할 수 있었다. 성경에도 "네 이웃을 네 몸과 같이 사랑하라."라는 구절이 있다. 이웃 사랑에 초점이 맞춰져 있는 말로 보이지만, 다른 사람을 사랑하기 이전에 나를 사랑하지 못한다면 누구도 사랑할 수 없음을 보여준다.

나는 정말 나를 사랑하듯 다른 사람을 사랑했다. 내가 사랑해야 할 사람들의 모든 모습을 '인정'하며 사랑했다. 내가 내게 자유를 주듯 나는 내 사람들에게 자유를 선물했다. 그들이 나를 사랑하는 것조차 그들의 선택과 자유라고 생각하게 되었다.

구속은 사랑하는 강아지를 집에 가두어 놓고 매일 나만 보고 싶어 하는 것과 같았다. 평생 내 바로 옆에 두며 산책 한 번을 시켜주지 않는 것과 같았다. 그러나 나의 강아지를 목줄을 채우지 않고도 공터에 풀어주었을 때 강아지가 내게 다시 돌아올 수 있다는 믿음이 필요했다. 설령 다른 좋은 사람들이 나타나도 다른 누가 아닌 내 품에 스스로 돌아올 수 있다는 마음이 필요했다. 내가 주는 자유와 믿음 안에서 강아지가 꽃도 보고 다른 강아지도 만나고 뛰어 놀 수 있는 것이 중요했다. 그것이 내가 사랑하는 강아지의 행복이고 성장일뿐더러 그런 자유에서도 나를 선택한다면 그것이 그 강아지의 날 향한 사랑이기 때문이다.

나는 사랑에 있어서 자유가 필수적인 요소라는 것을 알았다. "사랑해서 구속한다."라는 말은 잘못된 말이다. 부모가 아무리 자식을 사랑하더라도 자녀 스스로가 선택할 권리를 주는 것이 사랑이다. 아무리 자녀가 성공했으면 좋겠더라도 자녀가 본인과 같은 꿈을 갖기를 강요하거나 부모가 설계해놓은 길로만 걸어가게 하는 것은 사랑이라고 하기 어렵다. 아이의 자유 의지와 생각할 권리들을 잘라내는 것은 피어나는 꽃이 향을 잃고 기계가 되는 것이다.

나의 모든 관계가 그랬다. 부모와 형제, 애인, 친구, 또 나의 학생들과의 관계에서 나는 내가 사랑하는 사람들을 기계로 만들지 않기 위해 노력해야 했다.

그들의 자유가 그들의 행복이고 그 행복 속에서도 나를 떠나지 않을 때 그것이 건강한 사랑이었다. 나는 그들을 믿었고 내가 그만큼 가치 있는 사람이라는 사실을 믿었다. 결국 내가 그들을 구속하고 불안해했던 이유는 내가 스스로에게 자신이 없었기 때문이었다.

애인이 날 사랑하지 않으면, 혹시라도 날 떠나면 어떻게 해야 할지를 모르고 불안해하던 나는 더 이상 없었다. 그가 없어도 나는 가치 있는 사람이었다. 결국 나의 가치를 모르고 떠나게 되는 사람이라면 아쉽지 않았다. 질투도 사라져갔다.

사랑받기 위해서 나는 나 자신을 더욱 사랑하는 방법을 택했다. 타인과의 관계가 틀어질 때도 슬픔은 나를 잡아먹지 않았다. 오랜 사랑이 엇나갈 때도 최선을 다해 사랑을 주었던 나를 자랑스럽게 생각했다.

도망쳐도 괜찮아

내가 새롭게 깨달은 사실은 '도망쳐도 괜찮다.'라는 것이었다. 무언가를 이루어내던 과정에서 너무 괴롭다면 나는 기꺼이 도망쳤다. 포기하는 방법을 배우게 되었다. 나는 늘 이루어 내는 것이 가치 있는 일이라고 생각했다.

내가 무언가를 성취하고 목표를 달성하는 데서 나의 가치를 찾았으며 그래서 늘 육체적인 건강을 잃어 갔다. 나는 공부가 정말 중요하다고 생각했고, 대학이 사람의 가치를 나타내는 것이라고 믿었다. 그러나 가치는 결국 본인의 마음가짐에 달려있었다. 상대적인 가치들이 끝없이 펼쳐져 있는 세상에서 내가 무언가를 더 많이 손에 쥐고 있는지는 큰 의미가 없었다.

나는 나를 아프게 하는 것들로부터 도망쳤다. 아르바

이트를 구하고 힘들면 그냥 그만두겠다고 말하는 것도 내게는 나를 사랑하는 방법이었다. 엄마로부터 도망치던 것도 나를 사랑하는 방법이었으며 좋은 성적을 받으려는 집착에서 도망치던 것도 사랑이었다. 합리화로 보인다고? 그렇다. 늘 스스로를 엄격하게 조이고 통제하던 내게 자기 합리화는 필요한 사랑의 형태였다. 삶에 있어서 정답은 정말 없었으므로 나는 조금 이기적으로 보일지라도 늘 나를 괜찮다고 안아주는 연습을 해야 했다.

내게 결국 세상을 살아가는 데 가장 중요하던 것은 스스로를 사랑하는 마음과 그리고 그만큼 다른 사람을 사랑하는 마음이었다. 진정으로 사랑이 전부였다. 나를 향한 잣대를 지워가며 타인을 향한 잣대를 부러뜨릴 수 있었다.

그리고 이런 나의 오랜 자존감과의 싸움은 자존감이 낮은 학생들을 구하는 데 큰 도움이 되었다. 교사가 되고 낮은 자존감으로 괴로워하는 학생들을 수없이 마주했다. 나는 그 아이들에게 자존감의 중요성을 말하지 않았다. 그 말이 또 하나의 폭력이 될 수 있기 때문에 나는 늘 신중히 그 아이들의 인생을 공감하고 왜 자존

감이 낮아질 수밖에 없었을지를 살펴볼 뿐이었다. 자존
감뿐만 아니라 아이들의 모든 모난 부분들을 사랑할 수
있었던 것은 나의 과거들 덕분이었다.

　나는 학생들이 이해할 수 없는 행동을 할 때도 이를
그대로 받아들이도록 노력했다. 내 생각과 다르더라도
그것이 오답이 아니기 때문이다. 공부를 못하는 학생에
게 공부를 잘할 수 있게 노력하라는 말도 하지 않았다.
노력한다고 모든 것을 얻을 수 없기 때문에 어떤 학생들
은 아무리 공부해도 좋은 성적을 받을 수 없었다. 또 어
떤 학생들은 노력하지 않아도 쉽게 좋은 성적을 받았다.
사실 공부도 타고난 재능 중 하나였다.

　나는 학생들이 노력해서 얻지 못하던 순간에도 스스
로를 사랑할 힘을 갖기를 기도했다. 세상은 노력으로 얻
을 수 있는 것보다 그렇지 않은 것들이 훨씬 더 많았기
때문에 그때 그 아이들의 마음을 지켜달라고 기도했다.

노력으로 가질 수 없던 것들

"노력으로 무엇이든 할 수 있다."라는 말은 어린 시절 나를 무너뜨리던 원동력이었다. 나는 아직도 그 말을 정말 싫어한다. 왜냐하면 세상에는 노력으로 이룰 수 있는 것이 너무도 적기 때문이다.

우리가 노력한다고 해서 하늘을 날 수는 없다. 이 말이 너무 당연해서 터무니없이 들리겠지만, 하늘을 나는 일만큼 세상에 노력으로 이룰 수 없는 게 너무나도 많다. 나는 고등학교 때 매일 새벽까지 공부를 했다. 특히 수학 공부를 누구보다 열심히 했다. 하루 평균 100문제를 풀었을 정도로 나는 수학을 열심히 공부했다. 하지만 나는 수학 2등급 이상을 단 한 번밖에는 맞아볼 수가 없었다. 정말 이게 나의 노력 부족이었을까?

하지만 그 시절의 나는 그렇게 생각했다. 학교 선생님

들과 세상의 수많은 희망적인 메시지 속에는 늘 "노력하면 무엇이든 할 수 있다."라는 말뿐이었기 때문이다. 그러나 이 말이 진실이라면 이루어 내지 못한 모든 결과의 원인은 '노력 부족'이 되었다. 노력은 모든 것을 가능하게 하기 때문에 다른 이유가 없었다. 그리고 이것은 결국 노력이 부족했던 스스로를 미워하게 만드는 말이었다.

나는 아무리 노력해도 모든 것을 이루어낼 수는 없었다. 고등학교 마지막 수학 시험까지 나는 절대 포기하지 않고 노력했다. 내가 더욱 노력한다면 언젠가 수학 과목에서 최고의 등급이 나올 거라고 믿었다. 하지만 내 수학 성적은 끝까지 올라가지 않았다.

나는 마지막 시험이 끝나고 나서야 노력해도 가질 수 없는 게 있다는 것을 인정했다. 나는 이렇게 끝내 갖지 못했던 것이 있었다는 게 내 삶의 선물이라고 생각한다. 나는 노력의 무능함을 배웠다. 나아가 노력해도 안 되는 것이 있다는 것을 인정하는 것은 나를 사랑하고 지켜내는 일이었다. 만약 그 말이 사실이었다면 실패 앞에서 나의 노력은 너무 초라해질 수밖에 없었으니까. 노력과 결과는 어떤 정비례 관계에 놓여있지 않았다.

또 모두의 그래프 모양이 다르기 때문에 일반화할 수도 없었다.

노력하면 더 나아질 수 있는 확률이야 높아지겠지만, 노력에는 한계가 있고 우리 모두가 모든 것을 가질 수는 없다. 또 우리가 평생 노력해도 갖지 못하는 것들을 노력 없이 가지는 사람들도 있다. 이것을 받아들이는 데 나는 많은 경험이 필요했고 오랜 시간이 걸렸다.

교사가 되고 나서도 나는 학생들에게 노력하면 된다는 말을 하지 않는다. 이것은 자칫 잘못하면 학생들이 모든 결과를 본인의 탓으로 쉽게 돌리게 되는 원인이 되기 때문이다.

본인의 한계를 찾는 것은 중요하다. 그게 나 자신이기 때문에.

나 자신조차 내가 원하는 모습을 평생 갖지 못할 수 있다는 것을 받아들여야 타인도 있는 그대로 사랑할 수 있다. 1등을 하는 것, 좋은 대학에 가는 것, 좋은 성격을 가지는 것, 좋은 직장을 다니는 것, 예쁜 얼굴을 가지는 것 모두 가치 있는 일이 맞다. 그러나 그것이 절대적인 정답이 될 수는 없다. 아무리 가치 있는 것도 가치 있는

것으로 끝나지 않고 정답이 되는 순간 우리를 괴롭게 할
것이기 때문이다.

이래도 날 사랑해?

나를 사랑하는 상대를 시험하는 것은 도박과 같았다. 자존감이 낮았을 때 나는 나를 누군가 사랑한다는 사실 자체를 받아들일 수 없었다.

'네가 뭔데 나를 사랑한다고 하지? 너는 나를 잘 모르잖아. 내 진짜 모든 모습을 다 보지도 않아 놓고 지금 너는 나를 사랑한다고 하는 거야?'

내가 나를 사랑하지 못하던 마음은 타인이 나를 사랑하던 마음까지도 받아들이지 못하게 했다. 결국 그렇게 나를 더욱 외롭게 만들었다.

나는 내가 사랑받을 가치가 없다고 생각했기 때문에 다른 사람들이 나를 사랑한다는 말을 끝없이 의심했다. 하지만 동시에 사랑받고 싶다는 욕구가 함께했으므로 나는 그들의 사랑을 테스트해 보며 그들이 정말 나를 떠나지 않을 것인지 검증했다. 내가 가진 성격의 모난 부분들을 하나씩 보여주며 이래도 나를 사랑할 수 있는지를 테스트했다. 얼마나 위험한 행동이었는지 모른다. 갓난아이로 퇴행하며 그 모습을 사랑해주어야 진짜 사랑이라고 생각했다.

당연히 사랑할 수 없다. 그리고 그것은 내가 아니다. 가끔씩이야 우울해질 수 있고 기분 내키는 대로 행동할 수 있지만 나는 매일 그렇게 행동하는 사람이 아니었다. 나는 강한 마음을 가지고 있었고 밝고 긍정적인 사람이었다. 그런데 나는 내 우울의 극단, 어둡고 슬픈 마음을 가진 내가 진짜 나라고 생각하고 있었던 거다. 물론 그 모습도 나지만 그저 여러 손지혜 중의 한 명이었을 뿐이다.

나는 그 연약한 나 자신이 진짜 손지혜이고 나머지는 모두 꾸며진 가짜 손지혜라고 생각했던 걸지도 모른다. 하지만 그렇지 않다. 모두 나 자신이고 모두 진짜다. 전에 〈교육 심리학〉 수업에서 교수님은 건강한 인간이라면 여덟 개 정도의 인격을 가지고 있으며 모든 상황에서 같은 인격만 가지고 있는 사람이야말로 큰 문제를 가지고 있는 것이라고 하셨다.

　가끔 학교에서의 모습과 집에서의 모습이 다르다며 걱정하는 학생들이 있을 때마다 이 이야기를 해준다. 그리고 나조차도 교사로서의 나, 딸로서의 나, 언니로서의 나, 여자친구로서의 내가 조금씩 다 다르다. 이것은 문제가 아닐뿐더러 건강한 인격을 가졌다는 뜻이었다.

　내가 나를 사랑하는 마음을 되찾은 이후 나는 사랑을 시험해보는 행동을 더 이상 하지 않았다. 사랑이란 시험과 확인을 통해 형성되는 것이 아니었기 때문이다. 무엇보다도 타인이 나를 얼마나 사랑하는지보다 내가 나를 사랑하는 마음이 더 중요했기 때문이다. 다른 사람이 나를 진짜 사랑하는지, 아닌지는 더 이상 내게 큰 의미가 없었다.

　설령 사랑하지 않더라도? 내게는 내가 있었다.

이별의 순간

　내가 꽤나 긴 연애를 끝내던 날. 나는 교무실에 앉아 있었다. 바쁜 삶과 엇나가는 하루들로 우리는 결국 이별을 하기로 결정했다. 4년 동안의 연애였다.

　내가 먼저 헤어지자고 말을 했다. 사랑하는 사람을 바쁘다는 이유로 책임지지 못하고 있다는 것이 괴로웠기 때문이다. 학교 일이 너무 바쁘고 나는 나 자신조차 돌볼 힘이 없었다. 그런 내가 어떤 이유로든지 남자친구의 삶을 신경 쓸 수 없어 상처를 주어야 한다는 사실이 괴로웠다. 남자친구를 놓아주고 싶었다. 나로 인해 그만 상처받기를 바랐다.

　그날 밤 나는 내 선택이 너무 섣부른 선택은 아니었을지, 나는 정말 더 노력해보지 않아도 되는지를 두고 고민했다. 그리고 나는 그에게 다시 연락했다. 나는 아직 그를 사랑하고 있었으므로.

　그러나 다음 날 아침, 나의 말에 그는 단호하게 말했다.

　"그렇지만 우리가 상황이나 마음도 변한 게 사실이고, 이쯤에서 멈추는 게 맞는 것 같아. 그냥 여기까지 했으면 좋겠어. 나도 나 자신을 좀 돌아보고 싶어."

　"나 자신을 좀 돌아보고 싶어."라는 말이 나를 더 이상 아무 말할 수 없게 만들었다. 나는 이별이 정말로 진행되고 있다는 것을 인정했다.

　교무실의 내 자리에 앉아서 말없이 울었다. 아무도 모르게 울며 옆자리 선생님에게 "제가 정말 잘한 걸까요?"라고 물었다. 선생님은 나를 보자마자 괜찮다고 다급히 위로해주었다. 눈물을 멈출 수가 없었다. 그것은 마치 긴, 정말 긴 여행의 끝과 같았다. 그를 보내고 그를 사랑했던 나를 보내는 일이었다. 나는 마지막으로 그를 위로하는 글을 보내며 그를 그의 세상으로 돌려보냈다.

　우리의 연애는 그렇게 끝이 났다. 나는 우리의 모든 시간을 놓아주었다. '사랑하지 않아서'가 아닌 '사랑해서'였다. 나는 그를 놓아주며 괴롭더라도 혼자의 삶을 살아가는 방법을 다시 배워 가야 했다. 그를 놓아주는 게 내게는 사랑이었다.

혼자가 되어도 괜찮아

　그가 없이도 나는 살아가야 했다. 그와 매일 밤 전화하던 습관은 나를 밤마다 외롭게 만들었다. 하지만 나는 그가 없이도 살아가야 했다.

　다행히 나는 빠르게 삶을 회복해 갔다. 나는 내가 무너지지 않게 끝없이 나 자신을 돌보았다. 헤어진 지 얼마 안 되었을 때 부서 회식에서 '자존감'에 관한 이야기가 나왔다. 나아가 곧 '사랑하는 사람이 나를 떠나면 어떻게 할 것인가?'라는 주제에 관해서 한 선생님씩 의견을 말했다. 내 차례가 왔을 때, 늘 가장 어리고 말하는데 조심스럽기만 하던 나는 없었다.

　"사랑하는 사람이 없어도 괜찮아요. 왜냐하면 저에게는 저 자신이 있으니까요."

　그게 나의 상황 속 진심이었다. 내게는 정말 내가 있

었다. 그래서 외롭지 않았다.

점차 시간이 흐를수록 나는 내 연애를 돌아보며 내가 받았던 해결하지 못한 상처들과 연애하면서도 외롭던 나날을 떠올리며 스스로 안아주는 연습을 했다. 결국 내 외로운 감정은 누군가가 있고, 없고의 문제가 아니었다. 4년이라는 시간을 돌아보았을 때, 연애 초에는 그가 내게 아무리 상처를 주고 헤어지자는 말을 습관처럼 해도 나는 그를 놓아줄 수 없었다. 점점 나를 망가지게 하는 원인이었어도 망가지는 게 혼자가 되는 것보다 나았다. 그런 와중에 나는 독립을 했고, 자존감을 회복했고, 교직 이수를 했고, 교사가 되었다. 그리고 이후 그와의 연애의 평형도 찾을 수 있었고 이렇게 다시 혼자가 되는 용기와 힘도 있을 수 있었다. 나는 그런 나 자신이 진심으로 대견하고 고마웠다. 그리고 이렇게 그가 없이 살아가려고 노력하는 나 자신이 자랑스러웠다.

혼자가 되어 가며 나는 더 건강해졌고 더 튼튼해질 수 있었다. 나는 그렇게 나를 더 사랑하게 되었다.

평생의 과제는 사랑에 있다(2017. 7. 13.)

우리가 잊지 말아야 할 것은
자기 자신조차 스스로에게
상처가 되는 말을 할 수 없다는 것이다.
우리는 평생 스스로를 돌보는 연습을 해야 한다.

들꽃은 평생 장미가 될 수 없다.
그러나 들꽃만을 사랑하는 사람이 있으므로
우리는 장미가 되기 위해 아프지 않아도 된다.

또한, 장미를 사랑하지 않을 사람도 있다는 것.
이렇듯 모두의 사랑을 받을 사람이 없다.
그러나 더 중요한 사실은
우리는 모두의 사랑을 받기 위해

이 세상에 태어난 것이 아니라는 것이다.

그저 나라는 사람이 소중하다는 것.
이것은 그 어떤 법칙보다도 중요한 사실이지만
그럼에도 나 자신이 나를 소중히 여기지 않으면
마치 어둠 속에 빛을 가두는 것과 같아서
누구도 나를 소중히 할 수 없다는 것.
또 이렇듯, 모든 사람들이 소중하다는 것.

평생의 과제는 사랑에 있다.

지혜야

괜찮아.

누군가의 사랑이 되지 않아도 좋다.

결국(2018. 1. 2.)

나는 결국 나를 사랑하게 되었다. 이렇게.

책임과 경계

나는 어릴 때부터 사랑이 많은 사람이었다. 한 번 누군가를 좋아하면 그게 누구이든 '올인'을 하는 사람이었다. 연인이 아니더라도 모든 관계가 그랬다.

이 사랑은 때때로 내가 사랑하는 사람의 아픔을 내가 해결해주고 싶다는 마음을 주었다. 왜냐면 그게 사랑이라고 믿었기 때문이다. 두 삶이 친밀해져 하나가 되는 것. 그러나 그것은 무엇보다도 파괴적이고 붕괴적인 사랑이었다.

내가 교생 실습을 가던 해에 그 반의 한 학생은 나를 너무 사랑해서 나와의 이별을 받아들이지 못했다. 나를 그리워하는 마음에 매일 연락이 왔다. 나는 신속하게 그 아이의 담임선생님에게 연락해 그 아이의 상황을 설명해주었고 학생이 상처를 받더라도 학생과의 연락을 줄여 갔다. 그 학생이 정말 건강한 삶을 살기를 바라는 나의 마음과 선택이었다. 우리는 각자의 삶을 살아야 했으며 나는 그 아이의 삶을 책임져줄 수 없었고 구원해줄 수 없었다.

교사가 된 이후에도 그렇다. 아무리 어떤 학생의 삶이 정말 안쓰럽더라도 나는 그 아이의 삶을 구원할 수 없다. 이것은 감정이 메마른 말이 아니라 진실이다.

나는 가난한 학생들을 가난에서 해방시켜줄 능력도 없고 부모와의 갈등을 해결해주거나 병을 치료해주거나 꿈을 이루어줄 능력도 없다. 그런 학생들에게 나는 내가 줄 수 있는 만큼의 사랑을 주는 것뿐이지, 그들의 세상이 되어버리거나 전부가 될 수는 없었다. 전부가 되어서 그들을 책임지려고 하는 순간 우리는 함께 파괴의 길을 걷는 것이었으니까. 각자의 자리에서 거리를 유지하고 인정하며 사랑을 주어야 했다. 우리는 각자의 삶만을 책임지며 살아야 했다.

타인과의 경계는 이렇듯 정말 중요한 문제다. 친밀하다고 무작정 하나가 되는 것만큼 위험한 건 없다. 우리는 모든 관계에서 서로 독립해야 한다. 내가 엄마와의 독립이 이루어진 후 건강한 관계로 들어갈 수 있었듯이 누군가의 삶이 내 삶과 하나가 되어버리는 것은 절대 좋은 일이 아니다.

내 세상에 대한 경계는 꼭 필요하다. 아무리 사랑해도 말이다.

자연조차 적정 거리가 있다. 세상의 대부분의 원자는 혼자 단일 원자로 존재하지 않고 대부분 자신의 짝을 찾아 결합하는데, 그것이 안정을 주기 때문이다. 원자와 원자는 서로 '안정된 상태'를 위해 '인력'을 통해 결합한다.

그렇다면 그 원자들은 완전히 틈 없이 붙어있을까?

그렇지 않다. 원자들은 분명 인력에 의해 결합하게 되었음에도 불구하고 너무 가까워지면 '반발력'이 더 커지게 된다. 이는 결국 안정된 상태에서 벗어나는 다른 이유가 되는 것이다. 그렇기 때문에 반드시 원자들은 서로 '적정 거리'를 유지해야만 한다.

자연의 법칙들조차 이렇게 적당한 거리와 경계가 있다. 사람 관계도 마찬가지다. 우리는 서로의 경계와 거리를 지킬 때 가장 안정할 수 있고 건강할 수 있다.

모두의 사랑을 받지 못해도

"모두에게 사랑받을 사람이 될 거야."

내가 학창 시절에 버릇처럼 하던 말이다.

사랑 자체에 갈증이 있었던 나는 늘 사랑받기 위한 행동에 관심을 두었다. 선생님들에게 사랑받기 위해서는 학교의 수업 시간에 최선을 다해 집중하고, 지각을 하지 않고, 교복을 학칙에 맞춰 입으면 되었다. 친구들에게는 친절하고 재치 있고 리더십 있게 행동하는 것이 사랑받는 일이었다.

나는 누군가가 나를 미워한다는 사실을 잘 받아들이지 못했다. 백 명이 나를 사랑해도 단 한 사람이 나를 미워한다면 그 사실이 백 명의 사랑을 느끼지 못하게 만들었다. 나는 날 향한 타인의 시선과 생각에 굉장히 마음을 뺏겨 있던 사람이었다.

내가 자존감을 회복하고 난 후에야 이러한 모두의 사랑을 받으려던 강박을 내려놓을 수 있었다.

내 인생은 무수한 강박의 족쇄를 풀어 가며 성장할 수 있었다.

나는 내가 노력해도 얻을 수 없는 것 중에 사람의 마음도 있다는 것을 인정했다. 세상의 그 어떤 사람도 모두의 사랑을 받을 수 없었다.

내가 사랑하는 사람에게 사랑받는 것이 모두의 사랑을 받는 것보다 의미가 있을 수 있다는 것을 알았다. 향수 가게에만 가도 모두가 좋아하는 향수는 없었다. 누군가가 좋아하지 않는 향수라고 해서 가치 없는 향수인 것도 아니었다. 각자가 좋아하는 향수가 있었다.

세상의 음식도, 노래도, 옷도 모두가 좋아하는 게 없는데 모두가 좋아하는 사람이 없는 것도 당연한 일이었다. 나는 많은 사람의 사랑까지는 바랄 수 있었으나 모두의 사랑이 될 수는 없었다.

하지만 나의 마음은 누구도 나를 사랑하지 않아도 괜찮을 지경까지 이르렀다. 내게는 내가 있었으므로. 내게 나 자신은 어느새 큰 위로이자 든든한 존재였다. 나는 나를 정말 사랑하게 되었다.

다른 사람이 나를 사랑하지 않을까 봐 늘 걱정하며 나의 선택을 두려워하던 나는 이제 없었다. 왜냐하면 그 걱정은 나를 진심으로 사랑하고 존중하는 다른 사랑을 보지 못하게 했기 때문이다. 나는 나를 소중히 여기며 어떠한 평형을 이룰 수 있게 되었다. 설령 원하는 사람에게 사랑을 받지 못해도 나를 지키는 방법들을 배웠다. 스스로를 사랑하는 방법이었다.

3부

타인과 나: 이름 없는 꽃

너희 모든 일을 사랑으로 행하라

인생의 선물들:
나는 이렇게 교사가 되었다

　내가 집을 나올 때처럼 불가능한 일들이 해결되는 모습을 보던 순간들이 더 있었다. 역시 나는 그 모든 것들이 나의 신이 주신 선물이라고 생각한다. 나는 중학교 3학년 겨울 방학 때 큰 교통사고를 당했다. 봉고차에 치여 그대로 기절해버린 나는 왼쪽 쇄골, 머리를 크게 다쳤다. 무엇보다도 오른쪽 무릎 연골이 심하게 찢어지고 인대가 끊어졌으며 뼈들이 너무 많이 으스러져서 수술에 바로 들어갈 수가 없었다. 의사는 부모님께 아마 내가 다시는 걸을 수 없을 것이라고 했다. 엄마는 그 말에 내가 너무 충격을 받을까 봐 전하지 않았다고 한다. 지금 나는 잘 달릴 수도 있을 정도로 생활하는 데 전혀 문제가 없다. 이것 역시 내게는 의학을 넘어선 기적이었다.

대신 나는 8개월 가까이를 걷지 못한 채 입원해야 했다. 병실에서 홀로 지내며 나는 참 외로운 시간을 보냈다. 걷지 못하는 것은 나를 더욱 외롭게 만들었으며 많은 생각들을 하게 만들었다. 외로웠던 나는 글을 쓰거나 책을 읽으며 시간을 보냈다. 그리고 나는 그때 처음으로 아동 심리학책 몇 권을 읽으며 엄마가 내게 어릴 적 했던 행동들이 내게 상처로 남았다는 것을 알았다. 부모가 아이의 성격과 인격을 형성하는 데 얼마나 큰 역할을 하는지 알게 되었다. 나는 나의 상처들을 오랜 시간 돌아보며 내 마음속의 어린 나와 끝없이 마주했다. 그리고 '이런 아이들이 세상에 얼마나 많을까?' 하는 생각을 통해 세상의 어린아이들을 구해주고 싶다는 마음을 가졌다. 그게 내가 꾸게 된 꿈의 첫 형태이다. 나는 아이들을 구하며 어린 시절의 나도 함께 구하고 싶었다. 나를 구하고 싶다는 마음의 연장이었다.

　나는 반드시 부모로 인해 상처받은 아이들을 구하겠다는 마음 하나로 살았다. 엄마와의 끝없는 갈등과 폭력 속에서 내가 죽지 않은 이유 중 하나다. 또한, 탈선하지 않은 이유 중의 하나다. 가난 속에서 억압과 폭력을 당하며 나는 하루에도 몇 번씩 탈선하고 싶은 욕구와 마주했다. 고등학생 때는 불안정한 정신과 건강하지 않은 마음속에서도 어떻게든 책상 앞에 앉아서 공부를 했다. 새벽까지 울며 머리가 아파 겨우 잠들어도 다음 날 아침부터 영어 단어를 외우고 공부에 매진했다. 고등학교 시절에 나는 단 한 번의 지각없이 3년을 개근했다. 나는 정말 최선을 다해 살았다. 나는 미래의 나의 아이들을 만나야 했으니까. 살기 위해 그냥 밤에 집을 나와 등교 시간 전까지 한강 주변을 밤새 걷던 날도 있었다. 가출을 하더라도 나는 학교에 나갔으며 평소처럼 회장으로서 학교 일들을 수행했고 내가 맡은 일들에 최선을 다했다.

대학생 때는 고등학생 때보다 훨씬 더 많은 불안과 탈선의 욕구를 이겨야 했다. 교직 이수가 가능한 성적과 등수가 나오지를 않았다. 학과에서 겨우 4명만 할 수 있는 교직 이수인데 내 성적은 30등이 넘어갔다. 고등학교 때까지만 해도 반에서 1등도 하던 내게 물리는 내 적성에 전혀 맞지 않았다. 개념을 한 번 이해를 하는 데 너무 오랜 시간이 걸렸다. 물론 이 경험이 내가 실제 교사가 되었을 때 물리를 잘하지 못하는 학생들을 이해하는 데 무엇보다도 큰 자산이 되었다. 오랜 시간이 걸릴 뿐, 누구나 할 수 있다는 것을 내 삶을 통해 보여줄 자신이 있었다. 나도 그랬기 때문에 말이다.

교직 이수가 되어야만이 교원 자격증이라는 교사를 하는 데 필요한 최소한의 자격이 주어질 수 있었으며 교직 이수는 2학년까지의 성적을 통해 신청할 수 있었다. 1학년 2학기부터 2학년 1학기쯤에는 더 이상 성적을 복구할 수 없다는 게 확정 사실과 같았다. 교수님은 내 성적으로는 교직 이수를 신청조차 하지 못하게 하셨다. 그런 성적으로는 어차피 떨어질 것이기 때문에 그냥 자퇴를 하거나 전과를 하라고 진지하게 조언해주셨다. "너는 물리가 적성이 아니다."라고 나름 나를 위해 해주셨던 그 말은 아직도 잊을 수 없는 말이다. 그리고 정말 어차피 교직 이수가 되지 않는다면 이렇게 대학을 다니는 게 의미가 있는지 의문이 들었다.

우리 집은 그때도 너무 가난했다. 엄마는 편의점에서 야간 일을 하며 몸이 상해 가고 있었고 동생들은 아직 고등학생, 유치원생이었다. 나는 겨우 내가 살 정도의 돈만을 아르바이트를 통해서 벌고 있었다. 나는 점점 집이 무너지고 있는 상황 속에서 3년 가까이 남은 졸업 전까지의 대학 생활이 소모적이고 쓸모없어 보였다. 어차피 이 성적으로는 취업도 불가능하다면 자퇴하고 지금부터 공무원 시험을 준비해야겠단 생각이 들었다.

누가 봐도 차라리 그게 합리적인 생각이겠지만, 나는 내 꿈에 대한 확신이 있었다. 나는 정말 교사를 하고 싶었다. 물론 나 말고 교사를 하고 싶은 사람이 많다는 것을 알고 있다. 나는 내가 교사를 세상 누구보다도 하고 싶었다는 말을 하고 싶은 게 아니다. 나는 내 소명을 믿었다. 나는 정말 교사가 나의 신이 내게 준 비전이라고 믿었다. 그렇기 때문에 대학까지도 아등바등 힘들게 올 수 있었다. 그런데 왜 생각대로 승승장구하지 않는 건지, 나는 내가 여태 받아온 확신이 부끄러웠으며 괴로웠다. 상황이 점점 무너져가고 특별할 것 하나 없는 삶이 누군가의 배경만이 되어 감을 느꼈다. 하지만 너무 하고 싶었고 나의 비전을 믿고 싶었던 나는 아무도 모르게 교직 이수를 신청했다. 당연히 나는 떨어졌다. 진짜로 떨어졌다는 걸 알았을 때 정말 많이 울었다. 받아들여야 했기 때문이다. 그렇다고 내가 교육대학원에 갈 여건은 되지 않았으므로 나는 정말 이게 내 길이 아니라고 생각했다. 우울한 시간 속에서 자퇴, 전과, 공무원 준비 등 수없이 다른 길들을 찾아보았다.

어떤 길을 찾아도 나는 '교육' 분야로 시선이 맞추어졌다. 어찌 되든 난 아이들을 만나고 돕고 싶었다. 나처럼 가난하고 나처럼 부모의 속박 속에서 사는 아이들을 살리고 싶었다. 단 한 명이라도 만나서 나는 희망을 주고 싶었다. 하지만 이런 간절한 마음만으로 교사를 할 수는 없었던 거다. 마치 노래에 전혀 재능이 없는 음치, 박치가 가수를 꿈꾸는 것과 다르지 않았다. 그리고 교사만큼 내 꿈을 실현할 곳이 없었기 때문에 대체할 만한 일을 찾을 수 없었다. 결국 다른 의미를 실현하는 일을 해야 했다. 그 과정 속에서 나는 주위의 사범대생이나 교직 이수를 하는 사람이나 실제 교사들을 보면 마음이 괴로워졌다. 너무 부러웠다. 내가 평생 열망하던 것을 나는 쉽게 버릴 수 없었다. 그리고 아마 평생 이 부러운 마음과 괴로움이 나를 따라올 것을 예감했다.

그리고 교직 이수는 기적과 같이 또 이루어졌다. 신청

을 여섯 명밖에 하지 않았던 교직 이수 신청자 중에서 나는 맨 마지막 순위인 여섯 번째 학생이었다. 그런데 교직 이수가 확정이 되기 직전에 네 번째, 다섯 번째 학생이 연이어 포기하며 나는 누구보다도 간절했던 교직 이수를 할 기회를 받았다. 뛸 듯이 기쁘고 믿어지지 않았다. 교직 이수가 떨어졌다는 걸 듣고 방황하던 몇 달간의 고뇌는 나의 교직 이수를 보석을 찾은 것처럼 더 기쁘게 했다. 내가 교직 이수를 결국 한 것은 의사가 내가 평생 걸을 수 없다고 한 것과 같이 가능성이 없는 싸움이었다. 그러나 내게 신청조차 하지 말라고 했던 교수님도 교직 이수를 그렇다면 누가 신청할 것이고, 또 누가 포기하게 될 것인지를 알 수는 없었다. 아무도 알 수 없을 결과였기 때문에 나는 이것 역시 나의 신이 준 선물이었다고 생각한다.

그렇게 바로 교사가 된 것은 아니다. 교직 이수를 한 후에는 임용고시라는 큰 산이 남아있었기 때문이다. 물리는 너무 어려웠고 졸업 직전까지 이해가 되는 수업이 없었다. 그러나 재수강 수업들을 통해 내가 물리를 못하는 게 아니라 이해가 오래 걸리는 사람이라는 것을 알았다. 마치 어릴 적에는 이해할 수 없던 어른들의 말을 서서히 알아가듯 물리가 내게 그랬다.

4학년이 되어 가던 해에 교생 실습을 나가게 되었고 나를 담당하던 선생님은 내년에 물리 기간제 교사 자리가 날 수도 있으니 지원해보는 게 어떻겠냐고 물었다. 내가 임용만이 답이라고 생각했던 건 내가 학점이 너무 낮기 때문에 사립에는 발도 내딛지 못할 거라 생각했기 때문이다. 대학 자체도 큰 걸림돌이라고 생각했던 게, 명문대생들이 너무 많은 세상에서 나는 그들을 이길 만한 대학은 아니었다. 임용은 어찌 되든 시험만 잘 보면 되지만, 사립학교에 들어가는 것은 인맥과 스펙이나 경력 등 무수한 변수가 있었다. 그래서 꿈도 꾸지 않았던 내게 담당 선생님의 말은 너무도 솔깃한 제안이었다. 나아가 마침 대학교의 한 교수님은 본인의 인맥을 자랑하듯 말하며 본인이 알고 있는 고등학교 인사 관리자가 많아 실제로 어떤 언니는 본인 덕분에 학교에서 교사로 일하고 있다고 말했다. 나에게도 자리가 나면 말해주겠다고 선심 쓰듯 말하는 그 말이 내게는 그때 간절했고 시야를 흐리게 만들었다.

초과 학기를 통해 대학생으로서의 혜택을 누리며 임고(임용고시)를 준비하려던 내게 교생 실습과 교수님과의 대화는 결국 내가 마지막 학기에 모든 학점을 채워 듣게 만들었다. 꼼짝없이 나는 졸업을 향해 가야 했다. 하지만 교직 이수를 실제 몇 명이 신청하고 포기할 줄 아무도 몰랐던 것처럼 그때 그 미래도 누구도 모르는 일이었다. 실제로 12월 말쯤에 공고가 났을 때 물리 기간제 자리는 나지 않았으며 교수님의 인맥과 친분은 아무 소용이 없었다. 그 학교의 충원해야 할 교원은 사실 어떻게 될지 아무도 모르는 것이기 때문이다. 나는 갑자기 맨땅에 헤딩을 해야 했다. 재수강해야 할 과목들을 다 남겨 두었기 때문에 복원되지 않은 내 학점은 엉망에 가까웠다. 경력자들, 명문대생들도 떨어지는 학교 기간제 자리를 내가 뚫어야 했는데 나는 학원 아르바이트 한 번을 제대로 해본 적이 없었다. 나는 또 그렇게 새로운 불가능에 직면했다. 나는 정말 가진 게 아무것도 없었다. 물리는 주요 교과에 비해, 또 다른 과학 교과에 비해 자리가 많지도 않았다. 원서를 넣으면 당연히 떨어졌으며 한 커뮤니티에는 경력자들도 주요 교과는 100개까지도 원서를 넣어도 떨어지고 있다는 후기들이 가득했다.

다들 강사나 쪼개진 기간제와 같이 단계적으로 해결해야 할 문제라고 말했다. 정답처럼 말했다. 나를 아끼는 주위의 다른 선생님들도 그렇게 말했다. 일단 방과 후 학교 강사나 1개월짜리 기간제 자리부터 구해보라는 식으로 말이다. 무경력에 스펙 하나 없는 내게 1년짜리 기간제 자리는 하늘의 별 따기와 같다고 말했다. 하지만 나는 꼭 1년짜리 기간제 자리에 들어가고 싶었다. 무리한 꿈이라는 걸 나도 알았다. 하지만 나는 그때도 나의 소명을 믿었다.

아무것도 가지지 않았던 내게 이력서를 쓰는 일은 고문과도 같았다. 나는 자격증 칸에 교원 자격증 말고 쓸 자격증이 하나도 없었다. 토익 시험 한 번을 본 적이 없었고 그 흔한 운전 면허증도 없었다. 다른 사람들에게는 부족한 경력 칸이 내게는 참 깨끗했다. 경력이 없으니 증빙 서류를 낼 만한 것이 아무것도 없었다. 당연히 넣으면 모든 학교에서 떨어질 수밖에 없었다. 나라도 나를 안 뽑을 것 같았다. 점점 마음이 지쳐 갈 때쯤 나는 어떤 중학교에 기적처럼 1차 합격을 하게 되었고 너무

기뻐서 믿어지지가 않았다. 채용 공고가 끝나 갈 무렵이었기 때문에 나는 또 이렇게 기적이 이루어지는 건가 싶었다. 그 학교의 인사 관리자는 며칠 후에 학교 교무실로 몇 시까지 나와 달라고 했고 나는 당일 면접 예상 질문들을 외워 가고 수업 시연들을 준비하며 면접을 준비했다.

하지만 학교 교무실에 들어간 그 순간 나는 내가 그 면접의 들러리라는 것을 알았다. 누가 보아도 이미 합격할 사람이 보였다. 같은 면접 대기실에서 그 사람은 모든 선생님과 인사를 나누고 있었고 그들만이 아는 대화를 이어갔다. 그리고 내 면접 때에도 심사를 하던 교사들은 내 수업 시연을 보지도 않았다. 그러면서 내게 "설령 뽑히지 않아도 너무 상처받지 말고."라는 말을 했다. 왜 이렇게 자신감이 없어 보이냐며 자신감을 가지고 힘내라고 했다. 어리기 때문에 자신 있는 모습이라도 보고 싶었다고 했다. 하지만 나는 너무도 수치스러웠고 이미 내가 떨어졌다는 사실을 알았다. 나는 집에 돌아가 바로 잠들었다. 나는 나의 신을 원망하고 싶지 않았기 때문이다.

더 이상 채용 공고가 나지 않았다. 곧 개학이 다가오고 있었고 나는 정말 사람들이 말하는 불가능을 입증해 주는 삶을 살고 있었다. 하지만 바로 다음 날 어떤 중학교에서 1차 합격 전화가 왔고 바로 다음 날에 면접에 나와 달라고 말했다. 나는 면접을 준비할 시간이 없었다. 그때 나는 너무 기쁘지도, 신기하지도 않았고 또 들러리일 수도 있단 생각이 들면서도 감사했다.

짧은 시간 동안 나는 지난 들러리 면접 때 면접관이 내가 자신감이 없어서 실망하던 모습을 떠올렸다. 설령 들러리였을지라도 '그 사람들이 왜 나를 불렀을까?' 하는 의문을 가졌다. 그들은 진심으로 내게 실망했었고 비록 나를 뽑지 않을 수 있지만, 다음 면접 때는 이렇게 했으면 좋겠다는 조언을 했다. 나는 모든 순간이 의미가 있을 거라고 믿었기 때문에 그 순간에서의 의미를 찾고 싶었다.

두 번째 면접 때, 나는 떨지 않았다. 정말 자신 있게 면접을 보았고 여유롭게 면접을 보던 내게 면접관은 시연을 잘한다고 칭찬까지 했다. "경력이 없네요. 뭐 경력이야 쌓으면 되는 거니까…"라는 말을 했다. 그 말은 또 내게 경력이 있고, 없고가 절대적인 잣대가 아님을 깨닫게 했다. 나의 가치를 나까지 가두어버리면 누구도 알 수 없다는 것을 알았다. 나는 그 면접도 떨어졌으나 더욱 자신감이 가득해졌고 힘이 났으며 내가 하나씩 준비하며 어딘가로 향해 가고 있음을 느꼈다.

다음 날, 동시에 또 두 고등학교에서 연락이 왔다. 나는 이제 정말 어딘가는 붙겠구나 싶었다. 나는 내가 가지지 못한 것에 얽매이지 말고 내가 가지고 있는 것들을 최대한 보여주어야겠다고 생각했다. 비록 지난 면접들이 나를 떨어뜨렸지만 내게 주었던 메시지였다. 나는 최선을 다해 시연을 준비했고 연습했으며 지도안과 자료를 준비했다.

나는 무언가 확신에 찬 사람처럼 행동했다. 그 확신은 내가 세 번째 면접을 보는 학교에 붙는다는 확신이 아니라 내 인생에 대한 확신이었다. 설령 또 떨어지더라도 나는 결국 교사가 될 것을 확신했다.

세 번째 학교 면접도 자신감 있게 진행했으나 나는 면접관의 질문에 제대로 대답을 하지 못했다. 전혀 예상하지 못한 질문들이 나왔다. 내게 과학 동아리를 맡으면 어떤 실험을 할 것이냐고 물었을 때 이미 앞 질문에서 유사한 대답을 해버렸기 때문에 할 말이 없었다. 그래서 나는 망설이다가 과학 동아리를 맡지 않겠다고 했다. 꼭 과학 교사는 과학 동아리를 맡아야 하고 이과 학생들은 과학 동아리를 들어가야 하는지 역질문을 했다. 이제 문·이과가 융합되고 있는 세상이라고 말이다. 사실 그냥 생각나는 대로 말하면서 나는 이 학교도 떨어질 것을 예감했다. 하지만 더는 두려울 게 없던 나는 차분하게 내 생각들을 한 마디씩 이야기했고 심지어 농담도 하며 면접을 마무리했다. 어차피 내게는 네 번째 학교의 면접이 남아있었기 때문에 큰 미련도 없었다.

면접이 끝나고 대학교 선배들과 점심을 먹던 중에 행정실에서 전화가 왔다. 합격했으니 필요한 서류들을 가지고 오라고. 놀라서 "감사합니다."라고 말하는 내게 통화하던 행정실장님은 "감사하죠?"라고 웃으며 말했다. 그쪽 학교에서도 무경력인 내 합격이 놀랍고 신기했기 때문이다.

나는 또 이렇게 어떤 불가능의 틀이 깨어지는 것을 보았다. 이것 역시 오롯이 신의 선물이었다. 내가 만약 이

것을 전에 기대했던 모교나 교수님의 인맥에 의지해서 이루었다면 나는 내 교단이 떳떳하지 않았을 것이다. 교사가 너무 간절했던 나는 어찌 되든 결과가 중요하다는 부끄러운 생각을 했었다. 하지만 면접들을 준비하던 과정에서 나는 나의 신 외에 다른 무언가를 의지하고 싶지 않았다. 나는 그 후 1차 합격을 해도 그 사실을 어떤 교수님에게도 말하지 않았다. 교수님들은 지나고 나서 "나한테 말하지 그랬어. 내가 전화라도 한 통 해주었을 텐데."라는 말들을 했지만, 나는 바로 그게 싫었다. 정말 정정당당하게 이겨내고 싶었다. 그런 내가 자랑스럽고 여전히 감사하다.

이렇게 나는 교사가 되었다. 이 책을 통해 나는 나의 이런 인생이 누군가에게 도전과 위로가 되길 기도한다. 나의 보잘것없는 삶 속에서 끝없이 만난 기적과 같은 일, 이루어낸 꿈을 통해 독자들도 세상이 만든 틀에 본인을 가두지 않았으면 좋겠다. 내 삶은 정말로 내 힘, 내 능력, 내 노력으로 이루어지지 않았다.

나는 정말 누구보다 부족했으며 누구보다 가지지 못했다. 겸손이 아니라 모두 나를 보며 교사를 할 수 없을 것 같다고 했다. 합격하기 몇 주 전까지만 해도 아는 언니가 그렇게 말했고, 붙기 직전까지 수없이 많은 사람이 그렇게 말했다. 나를 사랑하는 사람들도 그렇게 말했다. 왜냐하면 실제 통계와 자료들이 불가능을 객관적으로 예측해주었기 때문이다. 너무 허황된 꿈을 꾸는 사람처럼 나를 바라보았지만 나는 결국 이렇게 교사가 되었다.

이렇게 마주하게 된 나의 학생들을 나는 나 자신보다 사랑한다. 그들이 나의 모든 이유이기 때문이다. 나는 이 아이들을 만나고 싶었기 때문이다. 그 작은 병실에 외롭게 침대에 앉아있던 열여섯 살 때부터 나는 이미 우리의 만남을 기다리고 기대했으며 간절히 사랑하고 있었다. 마치 먼 미래에 여행을 계획해두고 그날을 기다리는 사람들처럼 나는 내게 맡겨질 나의 아이들을 만날 준비를 하고 있었다.

나는 나의 아이들을 만나기 위해 나의 모든 순간들을 이겨낼 수 있었고, 탈선하지 않을 수 있었고, 주저앉아도 다시 일어날 수 있었다. 나는 교사가 되고 싶다는 마음보다 나의 아이들을 만나고 싶었다.

완벽한 타인을 사랑하는 것

학생들을 사랑하던 마음은 나의 어떤 사랑보다도 초월적이었고 가장 순수했다. 첫 담임을 맡아 학생들을 만나러 가는 순간에도 나에게는 내가 마주할 학생들이 누구인지가 중요하지 않았다. 세상의 누가 앉아있어도 그들은 나의 사랑이 될 것이었고 나의 전부가 될 사람들이었다. 내가 말하는 전부라는 것은 구속적이고 억압적이던 이전의 의미들과는 완전히 달랐다. 자유 안에서 전부가 되는 삶이었고 놓아주는 사랑이었다.

세상 처음으로 마주하는 사람들을 사랑해야 한다는 것은 어려운 일이다. 하지만 나는 그게 내 삶의 이유였다. 내가 처음으로 맡게 된 반은 고2 남학생 반이었다. 줄어드는 출산율 때문인지 야구부를 제외한 14명이 내가 맡은 학급의 전부였다. 뭘 어떻게 다가가야 할지도 모르겠던 3월에 나는 그냥 무조건 사랑을 주는 것이 목표였다.

나는 매일 하루에 과자를 한 더미씩 사 갔다. 처음 보는 학생들에게도 과자를 나누어줄 정도로 나는 그냥 아이들과 함께 있는 것이 행복이었다.

전부

    교무실 전체 직원 회의 때마다 정해진 내 자리에 앉으면 공교롭게도 나는 맞은편에 '2학년 5반 담임 손지혜'라는 글과 마주하는데, 나는 교직원 회의 때마다 그 글을 보면 한없이 마음이 저리곤 했다.

    그 몇 글자가 내가 이 큰 세상, 이 낯선 곳에서 견딜 수 있었던 유일한 이유였기 때문일지도 모르겠다. 나는 유한한 시간 앞에서 그 글을 마주할 때마다 마음이 벅차다가도 무너지곤 했다.

    결국 너희는 내가 살아가는 일의 전부였고 전부였으며 또 모든 것이었고 다시 전부였다.

    나는 매번 건강과 싸우고 무능력과 싸우며 간절히 끝을 바라다가도 오직 너희라는 존재 하나로 시간이 멈추길 진심으로 기도했다.

처음은 무엇이고 또 끝은 무엇일까. 사랑은 무엇일까. 소중하다는 것은 무엇일까. 잊을 수 없단 건 무엇이고 전부라는 것은 무엇일까.

사랑해

사랑해. 커져 가는 이 사랑이 나를 그만큼 괴롭게 할 것을 알면서 나는 멈추지를 못했지. 가장 순수한 사랑이었다.

사랑의 인내

　초임이라는 것은 많은 선입견과의 싸움이었다. 한 학생은 나와의 첫 상담 때 나의 경력이 부족한 게 아쉽다고 했다. 그러나 내가 그 학생을 위해 경력을 쌓아올 수는 없었다.

　당연히 속상했다.

　'나는 너희를 이렇게나 평생 기다렸는데 너희는 나의 진심보다도 세상의 틀에 갇혀 나를 바라보는구나.'

　나는 그러나 나의 사랑을 묵묵히 보여줌으로써 학생들에게 경력이 중요하지 않다는 것을 입증하고자 했다.

　하지만 학생이 이런 식으로 내뱉는 말들이 상처가 되는 건 당연했다. 학생들은 내가 하자고 하는 일을 잘 따라오지 않았다. 가끔 날이 선 말들로 나를 찌르기도 했다. 그런 순간들이 참 어려웠다. 하지만 큰 상처가 된다거나 우울을 부르진 않았다. 내 마음이 많이 건강해졌다는 것을 느꼈다. 나는 다행이라는 생각을 많이 했다. 내가 아무리 사랑하는 학생들이어도 나를 무너뜨리지는 못했다. 이전의 나였다면 자괴감에 빠졌겠지만, 나는 나를 사랑하지 않는 학생들을 시간에 맡기기로 했다.

나는 정말 오랜 인내로 학생들을 사랑했다. 가끔 나를 너무 무시하는 말투를 쓰거나 내가 하자는 일들을 잘 따라오지 않을 때도 나는 크게 분노하지 않았다. 실망하지 않기 위해 노력했다.

왜냐하면 내가 아무리 좋은 일들을 계획하였을지라도 그것이 강제로 이루어진다면 그것은 본질을 잃는 것이었기 때문이다. 나는 그 사실을 다른 선생님들의 행동이나 학생들의 삶을 통해 많이 느꼈다. 내 사랑에는 '자유'만큼 중요한 게 없었다.

학생들을 위해 많은 프로그램을 준비했었다. 매달 생일 파티를 준비했고 성격 검사도 준비해 봤고 함께 나가서 영화를 보기도 했다. 소풍도 계획하고 정말 다양한 선물을 내 나름대로 준비했었다. 하지만 학생들은 성격 검사를 하는 5분을 귀찮아했다. 학급 소풍을 앞두고 내가 계획한 소풍을 가자고 했을 때는 학생들 중 한 명이 옆 반 선생님이 경력이 더 많으니 그 반과 함께 가자고 노골적으로 말했다. 충격적이기도 했고 속상하기도 했으나 나는 늘 그런 순간들을 받아들였다. 나는 진심으로 학생들이 원하는 것을 하고 싶었다.

1년이라는 시간 동안 나는 최선을 다해 사랑했다. 내가 최선을 다했다는 것은 처음의 마음을 잃지 않기 위한 노력을 말한다. 학생들을 단 한 순간도 내 사람이라고 생각하지 않았다. 늘 소중히 생각하고 조심히 대했으며 아무리 내 생각으로 이해가 가지 않는 행동이 있더라도 학생들에게 본인만의 이유가 있었다면 받아들였다. 내 사랑은 그런 것이었다.

나는 부족한 교사가 아니었다. 당연히 행정 일이나 일을 처리하는 과정에서의 부족함은 누구보다 컸다. 그러나 아이들을 마주하는 교육자로서 나는 내가 부족하지 않다는 걸 스스로 알고 있었다.

아이들은 조금씩 내 사랑과 노력을 알아 갔다. 내가 아이들을 받아들인 것처럼 아이들은 나라는 사람을 받아들였다.

내가 원하던 사랑은 교생 선생님을 좋아하듯이 매번 학생들이 환호해주고 관심을 가져주는 게 아니었다. 믿음과 안정을 원했다. 그리고 그 사랑을 받기 위해 나는 그들을 인내하며 사랑했다.

1학기가 끝나 갈 때쯤부터 학생들은 나의 선택에 믿음을 가졌다. 내가 무엇을 하자고 해도 그다지 하고 싶지 않아 하던 학생들은 이제 내가 어떤 제안을 하더라도 함께할 의향이 있었다. 경험을 통해 우리는 늘 즐겁고 행복한 추억을 쌓아 갔고 서로의 사랑을 주고받았기 때문이다. 학생들은 내 사랑을 믿었고 나아가 내 선택을 믿었다. 그것이 그들의 사랑이었다.

나는 그들이 내 사랑을 받아주는 게 무엇보다도 큰 사랑으로 다가왔다. 다른 반 학생들은 종종 "선생님 반 애들은 너무 고마운 줄 몰라요. 표현을 안 해요."라는 말들을 했으나 그럼에도 나는 우리 반 아이들의 사랑을 느낄 수 있었다. 우리는 서로의 바다이자 집이었다. 우리는 가족과 같았다. 어떻게 가족이 매일 뜨겁고 매일 얼굴을 보며 환호하겠는가. 우리는 그냥 같이 있는 것만으로도 채워지는 존재들이었다.

내가 주는 작은 과자에 "선생님은 천사예요!"를 외치는 학생들보다 큰 표현이 없을지라도 내 사랑 안에서 이탈 없이 지내주는 학생들의 모든 것이 내겐 사랑으로 다가왔다. 나는 그들의 조용하고 평안한 사랑을 느끼기 위해 노력했다. 때때로 어떤 사랑은 매일 숨을 쉬는 일처럼 잘 느껴지지 않았다. 그러나 그 잠잠하고 소중한 사랑을 느끼고 감사할 줄 아는 것이 내게는 다시 그들을 사랑하는 방법이었다.

과자를 줄 때마다 다가오는 학생들은 내가 과자가 없는 날에는 다가올 이유를 못 느끼기도 했다. 우리 반 학생들은 내가 바빠 나 자신조차 책임지기 어려운 순간에도 늘 잔잔한 바다와 같았다. 나는 진심으로 그게 사랑이었고 행복이었다.

모든 순간이 평생 잊을 수 없을 나날과 같았다.

끝나지 않은 장벽:
나이

영화 <주토피아>에서 주인공 주디는 결국 모든 편견을 깨고 꿈을 이루었다. 그러나 꿈을 이룬 후에 더 큰 편견과 싸워야 했고 꿈과 현실 사이의 괴리를 받아들여야 했다.

내 삶이 꼭 그랬다. 교사가 된 후 내가 꿈꾸는 교사의 생활과 실제 생활은 완전히 달랐다. 나는 교무실의 전화기 선조차 연결하는 방법을 몰랐다. 수업 준비, 학부모 상담, 학생 상담, 학급 일지 작성, 출결 관리, 출석부 작성, 결석계 및 생활기록부 작성 등 내가 실제로 해결해야 하는 것들 중에서 대학교에서 배우던 교육 사회학이나 교육 철학 같은 걸 적용할 만한 건 하나도 없었다. 온통 난제투성이였으며 심지어 나는 내가 무엇을 모르는지도 몰랐다.

이 와중에 나는 실수를 연발했고 내가 부서의 짐과 결점처럼 느껴졌다. 나와 함께 일하는 선생님들에게 진심으로 죄송했다. 다들 나를 조금씩 챙겨주려고 할 때마다 너무 감사하면서도 자괴감이 들었다.

현실이란 그런 것이었다. 나는 내가 그토록 갖고 싶었던 것의 이면들을 발견해나가며 지쳐 갔다. 매일 야근을 했다. 그래도 해야 할 일들을 다 하지 못했고 나는 늘 부족한 교사였다. 몇몇 선생님들은 정말 나를 노골적으로 무능한 교사처럼 쳐다보았다. 말하지 않아도 그 정도는 알 수 있었다. 나는 하루에도 "죄송합니다."라는 말을 열 번도 더 했다. 일단 대화를 죄송하다는 말로 시작하는 경우도 많았다.

나를 그럼에도 의미 있게 만들었던 건 우리 반 아이들이었다. 나는 아이들을 통해 삶의 의미를 채울 수 있었다. 나는 그저 나의 무능으로 아이들에게 피해가 가지 않기를 바랐다. 설령 몇몇 선생님들에게 무능한 교사로 보일지라도 나는 아이들을 사랑하는 자리에 있는 것 하나로 만족했다. 내가 얼마나 아이들을 사랑하는지 선생님들이 아는 것은 중요하지 않았다. 내게 보이는 모습은 의미가 없었다. 나는 온 진심을 쏟아서 아이들만을 위해 살았다. 학생들을 위한 이벤트, 선물을 준비하고 주말에는 긴 문자를 보내며 조용히 관계를 쌓아 가고 사랑하려고 노력했다.

교사가 되어서도 내게 나이는 걸림돌이 되었다. 1년 늦게 고등학교에 입학했을 때 나는 한 살 어린 아이들이 나를 언니라고 부르지 않는 것을 받아들일 수 없었다. 나는 어릴 때 가장 극단적인 사고를 가졌기 때문에 나이로 인한 수직 관계도 내게는 진리와 같았다. 한 살이나 어린 아이들과 함께 생활하는 것을 마치 귀족들이 서민 문화를 체험하는 것으로 생각했던 것 같다. 나는 그 아이들과 다르다고 생각했다. 그리고 그 다르다는 기준은 그때 내가 오직 한 살이 더 많다는 사실이었다.

이렇게 내가 나를 특별하다고 생각하며 아이들에게 두던 벽을 한 번에 무너뜨릴 수 있던 때는 첫 시험 결과를 받았을 때였다. 나는 늘 내 친구들보다 내가 한 수 위에 있다고 생각했다. 언니이기 때문에. 그러나 나의 시험 결과는 그렇지 않았다. 나는 그때 반에서 1등을 할 수는 있었으나 전교 등수로는 각 반의 1등들에 비해서 떨어지는 등수였다.

그때 내가 그 사실을 온전히 받아들일 수 있어서 다행이라고 생각한다. 나는 자존심이 상하거나 자괴감이 들지도 않았다.

'나이가 전부가 아니구나.'

이 생각이 전부였다. 만약 내가 나이가 많다는 사실하나로 이 학생들 모두를 앞서고 있었다면 나는 늘 최고의 성적을 받아야 했을 뿐만 아니라 모든 재능이 특출나야 했다. 그러나 나는 수학, 영어, 체육, 미술 등 다양한 분야에서 최고가 아니었고 심지어 많이 부족한 영역들도 있었다. 나는 그때 처음으로 나의 '꼰대'다운 마음을 발견했고 미련 없이 버릴 수 있었다.

그리고 이 사실은 내가 아직까지도 교사를 하며 지니고 있는 모토이다. 나는 학생들을 대할 때도 나이가 전부가 아니라는 사실을 잊지 않으려고 늘 노력한다.

그러나 아직도 내 생각과 말들을 나이라는 장벽이 가려버릴 때가 있다. 늘 그랬다. 엄마가 그랬고 많은 사람들이 대부분 나를 그렇게 보았다. 내가 첫 남자친구와 헤어지던 스물한 살 때, 서점 직원 언니는 "네가 어리기 때문에 널 사랑하는 사람의 소중함을 모른다."라고 말했다. 그때 그 언니의 나이가 스물다섯 살이었다. 지금 돌이켜 봐도 그 남자친구와 헤어지는 것이 서로에게 좋았고 나는 그보다 나를 더 사랑하는 사람들을 만나 갔다. 그리고 그때 언니의 나이보다 더 많은 나이가 되어버린 나는 아직도 내 선택에 후회가 없다.

나는 언제쯤이면 나이라는 편견에서 벗어날 수 있을지를 두고 분노했었다. 고등학생 때는 아직 성인이 아니기 때문에 세상을 모른다는 말을 들었고, 대학생 때는 아직 새내기라서, 2학년이라서, 20대 초반이라서, 아직 취업을 안 해봐서 등 끝없이 내가 어리다는 이유들로 내 생각과 말들이 힘을 잃었었다.

그리고 이 사실은 취업을 하고 나서도 변하지 않았다. 너무 빨리 교사가 되어버린 탓인지 경력이 없고 어리기 때문에 내가 하는 선택은 늘 존중받지 못하곤 했었다. 유독 내 선택에 대해서 어리다는 색안경을 끼던 선생님 한 분은 내가 무슨 말을 해도 "그건 근데 조금…"이라는 말을 하거나 나를 다른 학생들처럼 대했다. 그게 얼마나 나를 기운이 빠지게 했는지 모른다.

평생 주디가 본인이 토끼라는 사실을 가지고 끝없는 편견에 부딪혀야 했듯이 나에게는 내가 어리다는 사실이 변하지 않았다. 나는 그러나 그래도 힘을 잃지 않기를 노력했다. 나를 어리다는 틀에 가둘 때 내 말과 행동의 가치를 알 수 없다면 그것은 그 사람에게도 좋지 않은 일이라고 믿었다. 나아가 나를 어리게 만드는 것조차 내 나이가 아니라 그 사람들의 마음에 있다는 것을 알았다.

나는 그냥 평생 어린 사람으로 살고 싶다. 나이가 많고 어른이라고 말하는 사람들은 늘 더 이상 배우려고 하지 않았다. 싫은 소리 한마디를 받아들이지 못하고 늘 방어적이었으며 어떻게든 본인 생각이 정답이라는 것을 모두가 인정해줄 때까지 같은 말을 반복했다. 차라리 어리기 때문에 편견과 싸우고 아직 더 배울 것들밖에 없는 나 자신이 좋다. 어른이란 게 그런 거라면 나는 그냥 이렇게 살아가겠다.

100℃를 유지하기 위해

이전 챕터에서 나는 노력으로 이루어지는 게 얼마 없다고 했지만, 그게 노력이 필요 없는 것이라는 뜻은 아니다. 우리는 우리가 어떠한 관계를 소중하게 여긴다면 이를 이어나가기 위한 노력을 해야 한다.

왜냐하면 노력은 대게 행동으로 나타나기 때문에 사랑의 가장 건강한 모양들이기 때문이다. 보통 사람들은 어떤 것에 도달하는 데 큰 관심과 노력을 쏟지만, 도달한 상태를 유지하는 것에 필요한 노력은 간과하는 경우가 많다.

물은 100℃에서 끓는다. 라면을 끓이기 위해서 물이 끓자마자 불을 꺼버리는 경우는 없다. 계속 물이 끓는 상태를 유지하기 위해서는 이전과 같은 꾸준한 열의 공급이 필요하다. 오히려 면과 스프를 넣는 과정에서 더욱 큰 열이 있어야 물은 계속해서 온도를 유지할 수 있다.

높은 온도가 내려가는 것은 자연의 섭리이다. 이것을 우리는 거스를 수가 없어 열역학 법칙이라고도 부른다. 자연조차 어떠한 상태를 그대로 유지할 수 없는데 우리는 이러한 사실을 잊어버리고 산다.

연인이 되기 위한 노력보다 건강한 연인 사이를 유지하는 데 더 큰 에너지가 필요하다. 우리는 더욱 상대를 돌보기 위해 노력해야 하고 서로의 삶에 관심을 가지고 서로의 건강한 마음을 지켜주어야 한다. 그리고 그것이 사랑이다. 사랑은 행동에서 가장 찾기 쉽다.

본인의 사랑을 언어에서만 찾지 않았으면 좋겠다. 말은 쉽다. 아픈 사람을 걱정하고 걱정의 말을 해주는 것도 당연히 사랑이다. 그러나 행동을 내포한 말을 실제 행동으로 옮기는 것의 중요성을 말하고 싶다. "무엇이든 다 해줄게.", "부르면 언제든 달려갈게.", "매일 전화할게." 와 같은 말들은 행동을 내포한다. 이것들은 행동할 때 비로소 진실이 될 수 있다. 만약 부르면 언제든 달려가겠다던 애인이 막상 나의 필요로 인한 호출에 와주지 않는다면? 그의 진짜 사랑은 오지 않는 만큼의 사랑인 것이다. 하지만 우리는 우리가 하는 말에 스스로 속을 때가 있다. 스스로 나는 그만큼 사랑하고 있다고 착각할 때가 있다. 하지만 반드시 행동으로 이어갈 때 정확히 그만큼 진실일 수 있다. 그리고 그 진실들을 통해 우리의 사랑을 지킬 수 있다.

사랑은 감정이 아니다

내게 오랜 시간 동안 '사랑'은 가장 어려운 감정이었다. 지금도 그렇다. '믿음'이나 '희망', '행복', '미련' 등 다른 추상적인 어떤 감정들보다 복잡했고 한마디로 정의하기가 어려운 감정이었다.

어린 나에게 사랑은 아픔이었다. 누군가로 인해 마음이 저릿할 때 그 아픔이 사랑이라고 생각했다. 엄마로 인한 아픔은 엄마를 사랑해서라고 생각했고 사랑은 고통을 수반한다고 생각했다. 상담 선생님과의 이별에서는 그리움이 사랑이라고 생각했다. 첫 연애를 할 때는 마음의 설렘, 들뜸, 주체할 수 없는 기쁨이 사랑이라고 생각했다. 이처럼 나에게 사랑이란 늘 '감정'의 연장선이었다.

시간이 흐르며 나는 사랑이란 행동이었음을 삶을 통

해 배웠다. 사랑은 사랑하는 대상을 바라보며 '느끼는' 감정이 아니었다. 사랑하며 느끼게 되는 수많은 감정들은 사랑으로 인한 증상일 수는 있었으나 사랑 그 자체는 아니었다. 그러나 "사랑이 행동이다."라는 말도 완전히 맞는 말은 아니었다. 행동하는 것은 사랑이지만 모든 행동이 사랑은 아니기 때문이다. 깊고 넓은 사랑이란 정말 어려운 것이었다.

사랑의 보관 방법

사랑은 마치 보관하기 어려운 과일 같았다. 조금만 잘못하면 금방 색이 변하고 맛이 변하는 과일. 보관 기간과 온도, 습도 중에서 조금만 잘못되어도 먹을 수 없는 과일 같았다.

사랑이라는 과일을 보관하는 방법은 늘 '정신을 차리는 것'이었다. 어떤 무의식으로 인한 행동을 끝없이 의식으로 되잡아가는 것이 내가 배운 사랑의 핵심이었다.

사랑은 '집착', '구속', '희생', '투영' 등 다양한 모습으로 변하기가 쉬웠다. 더 나아가 '폭력', '분노', '우울감', '죄책감' 등 전혀 상관없는 행동과 감정으로 번질 수도 있었다.

내가 우리 반 아이들에게 중요한 숙제를 내어 줬던 날이 있었다. 시험이 끝난 다음 날까지 토론 대회 주제에 맞춰 조사를 해오라는 숙제였다. 그리고 그날은 내가 우리 반 전원에게 저녁을 사주는 날이기도 했다.

시험 다음 날, 숙제를 해온 학생이 두 명밖에 없었다. 그러면서 모두 내가 사주는 밥은 먹으러 갈 생각을 하고 있었다. 나는 진심으로 분노했고 서운했다. 토론 대회마저 학생들의 진로 활동이었기 때문에 학생들 본인을 위해 중요한 숙제였다. 나는 조회 시간에 서운한 감정을 표정과 말투에서 숨길 수 없었다.

나는 내가 사주기로 한 저녁을 당장 취소하고 싶었다. 본인들이 받고 싶은 것만 받으려는 마음이 괘씸했다. 조회가 끝나고 다시 종례가 오기까지 나는 고민하며 곰곰이 생각했다.

"학생들이 숙제를 해오지 않아서 내가 화가 났고 그래서 오늘의 약속은 취소가 되었다."라는 말이 정말 합리적인 것인지를 놓고 고민했다. 사실 숙제를 해오는 것과 내가 밥을 사는 일은 전혀 연관성이 없는 별개의 일이었다. 그러나 나는 학생들을 너무 사랑하다 보니 서운했고 분노했던 것이었다. 나는 그날 학생들과 저녁 약속을 함께 했다. 사랑하기 때문에 분노할 수 있었으나 다시 그 분노에서 나오는 것이 사랑이었기 때문이다.

내가 어릴 적에 엄마는 내가 잘못을 하면 전혀 연관 없는 약속들을 깨버리곤 했다. 예를 들어, 내가 거짓말을 해서 분노하면 저녁을 못 먹게 했다. 만약 미리 "거짓말을 하면 저녁을 주지 않을 거야."라고 말했더라면 나는 그 징벌을 받아들였을 것이다. 그러나 엄마는 매 상황마다 징벌을 주기도 했고 안 주기도 했으며 매번 다른 벌들을 주었다. 그것은 엄마의 기분에 달려있었다. 엄마는 내게 분노했다. 그것은 나를 사랑하는 마음에서 나온 감정이었다. 내가 엄마에게 의미 있는 존재였기 때문에 엄마는 실망하고 분노했다. 하지만 엄마는 그 분노에서 빠져나오지 못하고 어떠한 파괴적인 행동을 취하곤 했다. 폭력으로 이어지거나 징벌로 이어졌다.

엄마는 늘 그 행동이 내 탓이라고 말한다. 아직도 그렇다. 내가 너무 말을 듣지 않았고 엄마는 나를 너무 사랑해서라고 한다.

하지만 내가 만약 우리 반 학생들에게 숙제를 해오지 않았으니 오늘 약속을 취소하겠다고 하면 학생들은 정말 반성할 수 있었을까? 내가 진짜로 바란 것은 학생들의 반성이었다. 내가 다시 시간을 되돌릴 수는 없었기 때문에 숙제를 이미 안 해온 상황에서 가장 좋은 다음 단계는 학생들이 반성하고 앞으로 그렇게 행동하지 않는 것이었다.

하지만 그때 내가 함께 한 약속을 취소하거나 분노해서 어떤 파괴적인 행동을 해버렸다면 단언하건대 학생들은 다시 분노했을 것이다. 분노는 분노를 낳는다. 물리 법칙과 같이 모든 감정도 쌍으로 작용한다는 것을 나는 배웠다. 학생들은 '꼭 저렇게까지 해야 하나?'라는 생각과 '내가 그렇게까지 잘못했나?'라는 생각을 했을 것이다.

나는 그날 빠른 고찰을 통해 분노에서 깨어 나올 수 있었다. 왜냐하면 그것이 내가 믿는 사랑의 형태였기 때문이다. 사랑은 이렇게 내게 늘 어려웠고 더 배워 가야 하는 것이었다.

이렇듯 사랑은 늘 다른 감정으로 새어 나가 본질을 잃어버리기 쉬웠다. 어떤 극단으로 빠져버리기 쉬웠다. 그때마다 나는 정신을 차리고 다시 본질로 돌아와야 했다. 사랑을 보관하기 위해 나는 감정과 이성의 균형을 찾아가야 했다.

강박 :
본질을 흐려지게 하던 것들

어릴 때 나는 강박에서 오는 불안을 좋아했다. 그것이 내 삶의 원동력이었다. 불안한 마음, 뒤처지고 싶지 않은 마음, 대학에 떨어지기 싫었던 마음들로 학창 시절을 보냈다. 불안감은 내가 편히 잠들 수 없게 만들었고 매일 공부하게 만들었다.

돌이켜보면 나는 나를 참 다양한 방법으로 괴롭히고 아프게 했던 것 같다. 나는 불안과 강박으로 하루하루를 살았다.

강박은 늘 본질을 흐리게 만들었는데 교사 생활이 너무 바쁘고 힘들던 때에 나는 나의 힘든 마음을 어떠한 보상에서 찾고자 했었다. 그리고 그것은 돈에서 쉽게 찾을 수 있었다. 나는 월급이 나오기 때문에 "그래도 고생한 만큼 돈은 벌 수 있네."라며 스스로를 달랬다. 이렇게 자연스럽고 합리적으로 보이던 생각은 조금씩 나를 돈에 집착하게 만들었다. 돈이 없어도 아이들을 만나는 것 자체가 행복이고 감사이던 때를 잊어버리게 했다. 나는 몸이 힘든 만큼 돈이 나온다는 사실로 내가 하는 모든 수고를 돈으로 귀결시켰다. 나의 교사로서의 삶은 노동이 되어 갔고 시간당 돈으로 환산할 수 있는 일이 되어 갔다.

통장에 모여 가는 돈을 보며 행복을 느꼈다. 더 큰 돈을 빨리 모아야겠다는 생각이 들었다. 통장의 숫자들은 나에게 어떤 의미가 되었다. 그렇게 나는 돈에 빠르게 물들어 갔다. 나는 약속들을 줄여 가고 식비를 아껴 갔고 나아가 학생들에게 주는 간식도 줄여 갔다. 사실 선생님들 중에 간식을 사 가는 선생님은 아무도 없었으므로 내가 학생에게 돈을 쓰지 않는다고 해서 교사로서 부족하다고 누구도 말할 수 없었다. 나도 그렇게 생각하며 나는 그냥 교사로서 할 일만 하면 된다고 생각했다.

그러나 그것은 나의 삶의 의미를 더욱 죽여 갔다. 나는 돈을 모으려는 집착이 괴롭다는 것을 금방 인지할 수 있었다. 건강한 마음이 더 커진 나는 스스로를 괴롭게 하는 행동을 전보다 훨씬 더 일찍 인지할 수 있었다. 무엇이 잘못된 건지 돌아보며 나는 내가 수단과 목적이 완전히 뒤바뀌어 있음을 깨달았다.

첫 월급을 받았을 때 나는 아이들에게 더 많은 것을 해줄 수 있는 능력이 생겨 행복했다. 돈은 내가 아이들을 사랑하던 '수단'이었다. 나의 그 순수한 마음은 어느새 사라졌으며 돈은 '목적'이 되어 있었다. 돈이 목적이 되어버리며 나의 아이들을 향한 모든 행동에는 사랑이 사라져 있었고 교사라는 일은 수단이 되어 있었다. 나는 또 빨리 방학이 오기를 기다렸다. 퇴근 시간만을 기다렸고 주말을 기다리며 시간을 보냈다.

중요한 것은 그렇게 바뀌어 가며 많은 사람들이 내 행동이 합리적인 행동이라고 칭찬했다는 데 있다. 누구도 내가 돈을 모으는 게 잘못되었다고 하지 않았다. 아이들에게 다소 과한 사랑을 주던 때보다 그냥 수업만 하고 행정적으로 대하는 모습을 훨씬 더 좋아했다. 그러나 누가 어떻게 나를 바라보고 무슨 말을 해도 나는 아이들을 위해 존재하는 사람이었다.

나는 잃어버린 나를 다시 찾은 기분이었다.

다른 사람은 교사가 되는 이유가 나와 다를지라도 나만큼은 아이들을 사랑하기 위해서 교사가 된 사람이었다. 나는 그것을 잊어버린 스스로가 너무 놀라울 만큼 바보 같았다. 원래 돈에 큰 집착이 없던 사람인데도 불구하고 이렇게 돈에서 목적을 찾고 있었던 나는 최면에서 깨어난 사람처럼 상황을 정리하며 다시 본질을 찾으려 노력했다.

나는 일부러 그 후로 교실을 들어가기 전에 간식을 사서 들어갔다. 나는 내게 의미를 부여하던 그 통장의 돈들을 빨리 써야겠다는 생각이 들었다. 일부러 내가 미뤄두었던 약속을 잡으며 사랑을 전했고 집이 어렵거나 마음이 힘든 학생들과도 일부러 만나 사랑을 흘려보냈다. 나는 진심으로 다시 내가 이전의 나로 회복되어 가는 것에서 행복을 느꼈다. 학생들이 나의 사랑을 느끼고 더욱 나와 친밀해지는 것이 다시 나의 행복이 되었고 학교에 가는 길이 행복했으며 더 이상 퇴근 시간이 얼마나 남았는지는 궁금해지지 않았다.

나의 모든 의미는 나의 아이들에게 있었다. 앞으로도, 더 먼 미래에도 그럴 것이다.

사랑하는 것이 미워지려 할 때

때때로 사랑하는 것들을 사랑한다는 사실을 잊어버리는 순간이 있다.

내가 일본어 공부를 처음 시작하게 되었을 때 나는 단어를 하루에 하나에서 두 개를 겨우 외웠다. 히라가나가 도저히 외워지지 않았던 나는 그냥 외우지 않기로 했다. 즐거워서 시작한 공부가 나를 괴롭게 한다면 차라리 배우지 않는 게 낫다고 생각했기 때문이다. 그러나 함께 일본어를 공부하던 친구는 중간에 본인의 일본어 실력이 빠르게 늘지 않는 것을 받아들이지 못했다. 단어를 기억하지 못하거나 본인이 원하는 문장을 만들지 못할 때마다 스스로에게 짜증을 내고 답답해했다.

처음에 나는 정말 느리게 공부를 했다. 오늘 배운 단어를 내일 잊어버려도 괜찮았다. 나는 히라가나를 느린 시간 동안 습득했고 내가 외우고 싶은 단어들만을 외워 갔다. 그런 내게 일본어 공부에 속도가 붙고 정말로 재미있어지던 순간은 가장 위험한 때였다.

단어를 외우는 시간이 오래 걸리지도 않고 할 수 있는 말이 늘어 가자 나는 더 많은 단어를 외우고 싶어졌다. 더 잘하고 싶었고 모든 말을 하고 싶었다. 그러나 이것은 겨우 숫자를 1부터 10까지 알게 된 아이가 이차방정식을 풀고 싶어 하는 것과 같았다. 모든 배움에는 과정과 시간이 필요했다.

나는 일본어 공부가 나를 힘들게 할 때마다 바로 책을 덮었다. 내가 사랑하는 것이 미워지게 만들고 싶지 않았다. 나는 정말 오랜 시간이 걸려도 좋으니 내가 이 공부를 사랑하는 데 의미를 두었다.

살을 빼는 것도 마찬가지였다. 처음에는 몇 kg이 빠지면 너무 행복하고 즐거웠지만, 더 살을 빼고 싶은 욕구와 강박은 전처럼 몸무게가 줄지 않을 때마다 나를 불안하게 했다. 이것은 또 본질을 잊어버리게 하는 것이었다. 나는 다이어트를 하며 같은 몸무게도 내게 전혀 다른 의미가 될 수 있다는 것을 느꼈다. 내가 60kg이다가

55kg이 되는 것과 50kg이다가 55kg이 되는 것은 전혀 다른 일이었다. 같은 몸무게에서 나는 행복과 만족을 느낄 수도 있었고 자괴감을 느낄 수도 있었다. 집착은 삶의 질을 현저하게 떨어뜨렸다. 차라리 60kg으로 지내며 아무 강박도 느끼지 않는 편이 행복도가 훨씬 높았을 것이다.

돈도 마찬가지고, 모든 것들이 그렇다. 적당히 내가 그들을 다룰 수 있고 행복을 느낄 수 있을 때 건강한 삶을 유지할 수 있었다. 강박과 집착은 나의 본질을 무너뜨리는 일이었고 행복을 앗아가는 일이었다.

나는 꽤 오랜 시간이 걸렸지만 이제 내가 평소에 하고 싶은 말들을 일본어로 구사할 수 있고 한자와 히라가나와 가타카나를 적당히 읽을 수 있다. 무엇보다도 아직도 내게 일본어를 공부하는 것은 즐거움이고 행복이다.

행복이 강박으로 인해 괴로워질 때는 과감하게 멈추는 법도 배워야 한다. 우리가 무언가를 사랑하며 시작할 때는 처음 마음을 잃지 않는 법을 배워야 한다. 세상의 무엇도 나를 아프게 하면서까지 가지고 있을 필요는 없다.

다시 사랑할 힘

　나의 첫 담임반 아이들과 헤어지는 것은 생이별과 같았다. 나는 학교를 옮겨야만 했다. 그런 내게 새로운 반의 담임이 된다는 것은 더욱 잔인하게 다가왔다. 처음 마주한 사람을 사랑하는 것보다 더 어려운 일은 사랑하는 사람을 아직 잊지도 못한 채로 다른 사람을 사랑해야 하는 것이었다.

　그렇게 두 번째 담임반 아이들을 만나러 가는 길은 행복하지가 않았다. 그것은 내가 정말 첫 아이들과의 끝을 인정해야 하는 길이었기 때문에. 그렇게 반 아이들을 처음 마주하고 난 후 나는 내가 과연 이 아이들을 사랑할 수 있을까 하는 고민만 하며 지냈다. 나는 다시 사랑할 자신이 없었다.

　사흘 만에 반 아이들의 이름을 다 외웠다. 아이들은

나의 그러한 노력을 좋아해 주었지만 그렇다고 그게 나의 사랑은 아니었다. 나는 더 이상 부족한 교사가 아니었으며 매일 학생과의 상담에도 최선을 다했다. 그러나 그것 역시 사랑은 아니었다.

사랑과 의무감은 같을 수 없었다.

그렇다면 사랑은 무엇일까. 나는 이 생각만 하며 괴로운 시간을 보냈다. 그러나 이것은 내가 사랑하지 않음을 나타내면서도 동시에 사랑하고 있음을 말했다. 나는 사랑하기 때문에 사랑할 수 없음을 괴로워했다.

시간이 흐르고 반 아이들은 가끔 나를 보러 내 자리에 찾아오기도 했고 가끔 누가 나와 더 친한지를 두고 경쟁하듯 장난도 쳤다. 아침에 나를 보면 저 멀리에서도 손을 흔들며 인사를 했고 나를 부르기도 했다.

그렇게 점점 나의 아이들은 같은 교복을 입은 다른 학생들과 분명하게 다른 존재가 되어 가고 있었다.

그들은 또 나의 바다가 되어 가고 있었다. 우리는 그렇게 서로의 무언가로 번져 가고 있었다. 삶의 일부, 혹은 전부로. 사랑으로.

단 하나의 꽃으로.

켜보지 않던 마음

'휴대폰을 가지고 있다가 걸리면 1주일간 압수', '지각을 하면 청소' 같은 규정은 학생이 본인의 어떤 행동에 대해서 스스로가 책임지는 것이었다. 함께 약속한 행동으로 책임을 지는 것이었기 때문에 나는 이러한 규정들이 꼭 필요하다는 것을 느꼈다.

사실 나는 사랑하는 학생들을 혼내는 순간이 너무 어렵다. 나는 지각하지 않기를 설득할 수 있고 조언할 수는 있지만, 그것을 가지고 화를 내거나 혼을 내고 싶지는 않았다. 조회 시간에 자리에 안 앉고 서 있는 학생들도 그렇다. 쉬는 시간에 교실 컴퓨터로 웹툰을 보는 것도 그렇다. 내가 혼낸다고 나아지는 것도 얼마 없었고 서로의 감정이 상하는 일이었다. 그래서 나는 규정이 있다는 것이 늘 다행이었다. 나는 학생의 잘못이 있다면 그것에 대해 학생이 스스로 책임을 지는 것으로 끝냈다. 그 이상으로 학생에 대해 미워하거나 실망하고 싶지 않았기 때문에 학생이 본인 일만을 책임진다면 나는 더 이상 말하지 않았다.

이런 내가 담임을 하며 겪던 가장 큰 난제가 있었다. 그것은 매일 아침 제출해야 하는 휴대폰을 안 낸 학생이 있다는 것을 알아버리는 순간이었다. 차라리 영원히 내게 들키지 않았으면 좋을 것 같았다. 나는 휴대폰을 내지 않았다는 사실 하나로 그 학생에게 실망해야 했고 또 휴대폰을 압수해야 하는 상황으로 인해 서로 감정이 상해야 했다. 서로의 약속을 지키는 것은 중요했기 때문에 나는 약속을 어기는 것에 대해서는 늘 냉정했다. 무조건 다 넘어가는 것도 사랑이 아니었기 때문에.

그러던 중 학생 한 명이 내게 제출한 휴대폰이 진짜 휴대폰이 아니라 공기계일 때가 있었다. 나는 직감적으로 또 거짓말을 하고 있다는 것을 느꼈다. 그러나 나는 그 휴대폰이 진짜 휴대폰인지, 공기계인지 켜보지 않았다. 그 아이를 마지막으로 믿고 싶었기 때문이다.

하지만 얼마 지나지 않아 그 휴대폰이 공기계라는 것

을 켜보지 않고도 알게 되었다. 내 마음은 결국 그렇게 무너졌다. 끝까지 켜보지 않던 그 마음에서 나는 마지막으로 애원했던 것 같다. 너를 향한 내 사랑을 무너뜨리지 말아 달라고.

나의 꽃

학생들에게 자주 하는 말이다. 나의 꽃. 학생들은 모두 나의 단 하나의 꽃들이다. 물론 처음 마주할 때부터 단 하나의 꽃이 될 수는 없었지만, 시간이 흐르며 수많은 꽃 중에서도 가장 특별한 꽃이 될 수 있었다.

모두 같은 교복을 입고 있어도 우리 반 학생을 바로 찾을 수 있는 것처럼, 흔한 이름을 가졌을지라도 그 이름을 들었을 때 가장 먼저 우리 반 아이가 생각나는 것처럼. 나는 시간이 부여하는 특별함이 무엇인지를 매 순간 느꼈다. 어린 왕자가 무수한 장미들을 보고 나서도 본인의 장미가 단 하나의 꽃이었던 것처럼 나의 아이들은 나의 단 하나의 꽃들이었다.

내게 누구보다 특별한 아이들이 만약 본인이 특별하지 않아 슬퍼한다면 나는 그것만큼 답답한 게 없었다.

내가 나의 아이들을 사랑하는 이유는 단 하나, 나의 아이들이기 때문이었다. 공부를 잘하거나 못하는 것은 그 아이들의 속성이었을 뿐, 내가 아이들을 사랑하는 요인이 아니었다. 그러나 학교라는 틀 안에서 '성적'은 가장 특별할 수 있는 요인이었다. 조명받고 주목받는 가장 쉬운 방법은 좋은 성적을 받는 것이었다.

학교의 시스템이 그렇다. 상위권 학생들에게 주는 특혜는 공개적이고 대부분의 급훈은 대학, 공부, 성적이 전부다. 대학을 가기 위한 방법과 좋은 생활기록부를 만들어가는 방법에는 백 가지의 매뉴얼이 있다. 하지만 그것 외에는 전혀 관심이 없는 체계였다.

그런 체계는 늘 내게 무력감과 고통을 주었다. 학교의 전교생이 전교 1등을 할 수는 없기 때문이다. 누군가가 성적이 오르면 반드시 누군가는 성적이 떨어져야만 하는 체계에서 우리 반 아이들 모두의 마음을 나는 지키고 싶었다. 그러나 내가 아무리 성적이 인생의 전부가 아니라고 해도 함께 발을 딛는 이 세상의 사상은 너무 강하고 군건했다. 아이들은 늘 상처받아야 했고 본인의 성적으로 본인을 탓하고 인생을 불안해했다.

하지만 나의 학생들은 정말 소중하고 가치 있는 사람들이다. 나의 학생들이 아니더라도 세상 모든 학생들은 정말 누구 하나 낮고 높음이 없이 소중한 인생들이다. 그렇기 때문에 나는 끝까지 그들이 스스로의 마음을 돌보게 하는 방법을 가르칠 것이다.

세상을 살아가는 데 있어서 스스로를 사랑하는 마음만큼 중요한 게 없으므로.

그래서 더 좋아요

나는 완벽주의라는 단어와 거리가 먼 사람이다. 실수가 잦고 덤벙대는 성격이라 어릴 때부터 많이도 혼났고, 다치기도 많이 다쳤다. 한 달에 한 번은 크게 넘어진다고 해도 틀린 말은 아니다.

나는 조회 시간에 가끔 유인물을 깜빡하기도 하고 중요한 수업 자료가 담긴 USB를 놓고 오기도 했다. 그리고 이런 모습을 군이 어설프게 숨기고 싶지는 않았다. 나는 아이들에게 모든 내 모습을 공개했다. 이것은 어떤 내 생각, 사상, 좋은 모습들뿐만 아니라 나의 결점, 분노까지 보여주기로 한 것이었다.

물론 교사는 때로는 감정을 숨길 줄도 알아야 했다. 하지만 모든 순간이 그렇지는 않았다. 또 모든 학생에게 그럴 필요도 없었다. 나는 우리 반 아이들에게는 더욱 내 모든 것을 많이도 보여주었다. 요즘 내가 관심이 있는 것들, 하고 있는 운동, 교회에서의 일들을 참 많이 공유했다. 아이들도 내가 얼마나 실수를 잘 하는지를 알고 있었다. 그런 모습을 부끄러워하지는 않았다. 다만 이런 모습이 담임으로서의 부족이지는 않을까 미안했을 뿐이었다.

하루는 조회가 끝나고 "선생님이 너무 실수를 많이 하지?"라는 내 말에 한 학생이 "그래서 더 좋아요."라고 했다.

나는 그때 새로운 사실을 깨달았다. 내가 아이들의 실수하는 모습까지 사랑스럽게 보듯이 아이들도 나를 그렇게 사랑해주고 있었다는 것이었다.

내가 만약 아이들을 자로 재듯 작은 결점에도 혼을 내고 화를 냈었더라면 아이들은 나를 똑같은 마음으로 바라보고 있었을지도 모른다. 학생들은 진심으로 나의 부족한 모습을 있는 그대로 받아들여 주고 있었다. 나의 실수, 나의 결점, 나의 모든 어설픈 부분들까지도.

내가 평소 그들을 사랑하듯 말이다. 이렇듯 어느새 우리는 같은 모양의 사랑을 하고 있었다.

또 다른 지혜들

내 삶의 각 순간은 퍼즐 조각과 같았다. 시간 순서대로 이어진 퍼즐들은 그림에서 각자 새로운 위치와 역할이 있었다. 그 순간에는 전혀 알 수 없었던 일들이 지나고 나서는 다른 이유가 있었다.

살아오며 겪었던 관계 간의 상처, 교통사고, 복학, 가난, 괴롭힘, 가족, 독립, 자존감, 연애 등 수많은 것들을 너무 짧은 기간 안에 경험해야 했던 나는 또 누구보다 빨리 인생을 살아가는 힘이 있었고 교사가 될 수 있었다.

나는 교사가 되어 가던 과정과 교사가 된 후 만난 학생들을 통해 학생들의 삶에서 또 다른 나를 마주할 수 있었다.

자존감이 낮은 학생들, 가난으로 힘들어하는 학생들, 학교 적응을 어려워하는 학생들, 몸이 아픈 학생들, 친구 관계를 어려워하는 학생들 모두가 나 자신이었다. 노력해도 이루지 못해서 힘들어하는 학생의 모습 속에도 내가 있었고, 스스로에게 너무 엄한 학생이나 강박에 시달리는 학생의 모습 속에도 내가 있었다.

　나의 과거는 내게 큰 자산이었다. 학생들의 무너짐을 진심으로 이해하는 것, 공감할 수 있는 것이 나는 정말 큰 감사였다. 만약 내가 나의 학생들의 어려움을 이해하고 싶어도 이해할 수 없고 전혀 와 닿지가 않는다면 그것만큼 괴로운 게 없을 것 같았다. 나는 늘 그런 학생들을 마주할 때마다 과거의 내가 잔상처럼 지나가며 나의 신에게 진심으로 감사했다. 나의 과거들이 사랑하는 수단으로 쓰일 수 있음에. 누군가의 성장을 위해 쓰일 수 있음에.

나의 이유

학교에는 정말 많은 일들이 있다. 학생들 간의 일, 학생과 교사 간의 일, 교사들 간의 일, 학부모와의 일, 개인적인 업무, 수업 준비 등 정말 많은 일들이 있고 나는 또 유독 많은 일들을 맡고 있었다.

가끔 일이 너무 힘들 때는 당장 그만두고 싶다는 생각을 많이 했다. 하루는 동시에 수많은 일들이 겹치던 날이 있었다. 내 정신도 붙잡기가 어려운 날이었다. 선생님들과 문제가 생기는 와중에 업무가 연이어 생기고 반 학생 중에 어려움이 생긴 아이도 있었다. 나는 정말 역량이 안 되는 스스로를 발견했다. 그러나 나는 진심으로 초인적인 힘을 느꼈다. 그 바쁜 와중에도 나의 모든 관심은 우리 반 아이에게 가 있었다. 왜냐면 그 아이가 나의 이유였기 때문이다.

그 학생은 내가 이곳에 온 이유이자 내가 마지막까지 쓰러질 수 없던 이유였다. 나는 그 아이를 지켜야겠다는 의지 하나로 쓰러지지 않았다. 나는 그때만큼은 내 감정을 전혀 아이들에게 보여주지도 않았는데 혹시라도 내가 지쳐있다는 것을 그 학생이 느끼고 죄책감을 가질까 봐 두려웠기 때문이다. 나는 그 학생의 무너짐이 내 무너짐보다 두려웠다. 나는 그 학생을 지키겠다는 마음을 통해 끝없이 앞으로 나아갈 수 있었다.

다행히 학생은 어려움을 이겨낼 수 있었다. 두려움에 떨며 자퇴를 하고 싶어 하던 그 학생을 구하며 나는 몸이 지쳐 가도 진심으로 감사하고 행복했다. 누군가를 사랑하는 마음이 얼마나 큰 힘을 발휘하는지를 느끼며 내가 교사가 되어 다행이라고 느꼈다. 이렇게나 사랑의 힘이 신비하고 위대하다.

사랑아

애야. 나는 그래도 너를 사랑한단다.
너의 무너짐, 나태함, 실수에도 말이야.
네가 가진 무언가가 너를 사랑하게 만들거나
사랑하지 않게 만드는 게 아니란다.
잊지 말렴. 나의 사랑은 그런 게 아니란다.

단 한 명

오직 너 한 명만을 만나는 게
나의 이유였을지라도
나는 이곳에 왔을 거야.

너를 위해 내가 있다.

로봇이 단 하나의 꽃이 되기까지:
이 책을 읽고 있을
또 다른 이름 없는 꽃에게

　나의 오랜 괴로움은 스스로를 사랑하지 못하는 마음으로 시작되었다. 그리고 이것은 나의 부모로 인해서 만들어진 알고리즘이었다. 나는 프로그래밍된 기계와 같았다.

　나는 내 안에 있는 수많은 나를 지배하는 잣대, 무의식들로 세상을 바라봐야 했다. 하지만 로봇이나 컴퓨터가 스스로 프로그래밍되었다는 사실을 인지하지 못한 채 수동적인 사고를 가지게 되는 것처럼 나는 내가 지배당하고 있다는 것을 느낄 수 없었다. 그것은 일종의 메타적인 행동이었기 때문에 하나의 차원을 뛰어넘는 것이었다. 그래서 너무 어려웠고 힘들었다.

　인지하게 된 이후는 더 힘들었다. 무의식을 고쳐나가는 일, 누군가 튼튼하게 세워놓은 건물의 층을 하나씩 무너뜨리는 일은 어렵고 아픈 일이었다. 어찌 되든 그것은 나 자신을 뜯어고치는 일이었기 때문에 나는 정말 많이 괴로워했다.

무너진 건물을 치우고 진짜 나라는 건물을 세워가며 나는 과거의 아픔을 직면해야 했고 엄마의 잘못된 훈육 방법을 떠올려야 했으며 엄마의 폭력이 나를 통해 동생으로 흘러가던 나의 잘못을 반성해야 했다. 엄마의 언어들로 나 자신을 다시 정죄하고 스스로를 감옥에 가두던 나를 발견해야 했다. 수많은 지혜를 만나야 했다. 엄마를 사랑하는 지혜, 스스로를 미워하던 지혜, 자신을 버려 가며 연애하던 지혜, 사랑을 확인받고 싶어 하던 지혜, 극단적인 지혜, 스스로를 외롭게 하던 지혜. 내가 그 모든 지혜를 만나는 것이 알고리즘을 하나씩 바꾸어가는 과정이었다.

나는 그렇게 꽃이 되어 갔다. 나의 향을 찾아갔다. 나는 그렇게 조금씩 향기가 나는 삶을 살아가며 이름 없는 꽃이 되었다.

나는 누구보다 아름다운 꽃, 크고 시들지 않는 꽃이 아닌 이름 없는 꽃이 되었다. 나의 의미와 가치는 눈에 보이는 것이 아니었으므로. 나는 오직 나를 사랑하는 존재들을 통해 이름 있는 꽃보다 더 특별한 꽃이 되었다. 나를 있는 그대로 사랑하며 의미를 준 모든 존재들이 나를 살아가게 했다.

이 책을 읽는 당신도 그렇다. 평생 동경하는 것들, 갖고자 하는 것들을 이제 놓아주길 바란다. 나는 오랜 시간 내가 장미가 될 수 없어 괴로워했다. 지금 나는 나와 나의 이름 없는 꽃들을 사랑한다. 그들은 이름이 없이 온통 작고 투명한 존재들이다. 이름이 없어 모든 것이 이름이고 의미이며 시작이다. 당신도 그렇다. 우연히 이 책을 읽고 있겠지만 당신이 이 책을 읽는 것조차 나는 필연으로 믿는다.

얼굴조차 모르는 당신의 모든 순간이 가치 있다고 나는 말할 수 있다. 나같이 이름 없는 꽃의 삶이 그랬기 때문이다.

나는 나에게 가장 좋은 것을 줄 수 없다

언제나 나는 작은 것을 결정하는 데도 온 마음을 썼다.

처음으로 혼자 여행을 준비하던 과정에서 내가 이렇게나 걱정이 많고 결정을 어려워하는 사람이라는 걸 나는 다시금 깨달았다. 나는 비행기 표의 날짜, 시간을 결정하는 데도 정말 온 신경과 심혈을 기울였다. 나는 후회하고 싶지 않았다.

행복한 여행을 하고 싶었기 때문에 미래의 내가 지금의 내 선택을 원망하진 않을지 너무 두려웠다. '가장 좋은 것을 주고 싶은 마음'은 내가 모든 것을 쉽게 결정할 수 없게 만들었다. 여행의 시기, 기간, 숙소, 일정, 비행기 항공사, 시간. 아니, 그 이상을 고민했다.

그러나 여행을 통해 깨달은 것은 내가 아무리 좋은 선택을 했을지라도 절대로 내가 결정할 수 없는 것들이 있었다는 것이었다. 나는 비행기 좌석까지 선택할 수 있었다. 그러나 내 옆자리에 앉을 사람까지 결정할 수는 없었다. 나아가 비행기의 연착 여부도 알 수가 없었으며 호텔을 결정할 수는 있어도 호텔의 숙소, 층수까지 결정할 수는 없었다. 나는 여행을 통해 이러한 사실들을 살갗으로 깨달았다.

나는 그렇게 내 삶이 나의 선택으로 이루어졌다고 생각하던 나의 오만과 마주해야 했다.

그렇게 나는 내가 미리 결정할 수 없던 것들이 또 선물처럼 느껴졌다. 나의 여행은 연착도 없었고 호텔도 가장 좋은 방, 가장 높은 층들을 배정받았다. 호텔 주위에 내가 정말 좋아하는 길들이 펼쳐져 있었고 내가 만나게 되는 모든 사람과 모든 일정 속에서 완벽함을 느꼈다. 웨이팅이 없어서 그냥 들어가게 된 식당들이 알고 보니 정말 유명한 곳들이었고 갑자기 가게 된 길들이 늘 가보기를 꿈꾸던 거리의 모습이었다. 내 선택으로 인한 완벽이 아니라 진심으로 누군가가 주는 선물 같았다.

온통 따뜻한 영화의 장면을 감독의 의도대로 걸어가는 기분이었다. 나는 이미 주어진 시나리오의 주인공과 같았으며 어느새 내 여행이 완벽할 것을 예측할 수 있었다.

무엇보다도 매일의 날씨를 결정할 수가 없었던 나는 유독 비가 많이 오는 일본에서 야외 스냅 사진 촬영을 예약해두었다. 바로 전날까지도 내가 스냅 사진을 찍기로 한 날 많은 비가 올 거라고 했다. 어떤 기상청 홈페이지에 들어가도 비가 올 확률이 90%를 넘어갔다. 사진작가님은 전액을 환불해주겠다며 예약을 취소하자고 했다.

나는 이런 완벽한 여행 속에 신비한 믿음까지 생겼다. 설령 내일 비가 오더라도 괜찮다는 믿음이었다. 나는 비가 조금 오더라도 사진 촬영을 진행하자고 했고 예약을 취소하지 않았다. 그리고 다음 날 또 선물처럼 맑은 날이 주어졌다. 작가님도 신기해했을 정도였다. 하지만 나는 정말 내 여행이 완벽할 것을 알고 있었다.

그리고 나의 삶은 평생의 여행과 같다. 나는 내 삶 또한 완벽하다는 것을 알고 있다. 미래에 일어날 무수한 일들은 이미 정해져 있으며 이를 바꾸는 것은 나의 지금 선택이나 노력이 아니라는 것을 나는 배웠다. 나의 간절함, 기대는 이미 이루어진 결과에 대한 의미 부여였을 뿐, 그것이 내 결과를 바꾸는 요인은 아니었다.

나는 또 이렇게 내일로 나아간다. 나는 매일 똑같은 하루를 반복하지만, 내일 갈아타게 될 버스를 몇 분이나 기다리게 될지, 내가 항상 앉고 싶어 하는 버스 좌석이 비어있을지 알 수 없다. 학교에 가는 길에 내가 사랑하는 우리 반 학생들을 몇 명이나 보게 될지도 알 수 없고 가끔 일찍 여는 카페가 열었을지도 알 수 없다. 다른 사람의 선택까지 내가 뺏어서 결정할 수는 없다.

원고를 쓰면서 나는 이 책의 표지, 제목, 출판사 등을 크게 고민하지 않았다. 이 책도 나의 여행을 닮은 책이 될 것이라는 걸 나는 알고 있기 때문이다. 아무리 내가 노력해도 이 책을 지금 당신이 읽는 것까지의 경로를 예측할 수도, 결정할 수도 없었다. 나는 당신의 얼굴, 이름, 아니, 그 무엇도 알 수 없기 때문이다.

그렇다면 누가 알 수 있었을까.
나는 마지막으로 이 질문을 당신에게 선물하겠다.

사랑하는 자여
네 영혼이 잘됨 같이
네가 범사에 잘되고 강건하기를 내가 간구하노라

— **요삼 1:2** —